Collection PLOQUIN

ANCIENNES FAIENCES

Françaises et Étrangères

HONO
ALMA
NATU
IMPRIMERIE DE L'ART

CATALOGUE

DES

ANCIENNES FAIENCES FRANÇAISES

ET

ÉTRANGÈRES

De Nevers, Rouen, Sinceny, Lille, Sceaux, Niederwiller, Lunéville, Aprey
Lyon, Marseille, Moustiers, Urbino, Faenza, Pesaro
Deruta, Castelli, Venise, Alcora
Puente del Arzobispo, hispano-moresques, Manisès, Perse, Delft, etc.

COMPOSANT LA COLLECTION DE M. PLOQUIN

DONT LA VENTE AURA LIEU

HOTEL DROUOT, SALLE N° 8

Les Mardi 17, Mercredi 18 et Jeudi 19 Février 1891

à deux heures

Mᵉ PAUL CHEVALLIER	M. CHARLES MANNHEIM
COMMISSAIRE-PRISEUR	EXPERT
10, rue de la Grange-Batelière, 10	7, rue Saint-Georges, 7

EXPOSITION PUBLIQUE

Le Lundi 16 Février 1891, de 1 heure à 5 heures 1/2

CONDITIONS DE LA VENTE

La vente sera faite expressément au comptant.

Les Acquereurs paieront, en sus des adjudications, CINQ POUR CENT, applicables aux frais.

L'Exposition mettant le public à même de se rendre compte de l'état des objets, il ne sera admis aucune réclamation une fois l'adjudication prononcée.

Paris. — Imprimerie de l'Art, E. Ménard et Cⁱᵉ, rue de la Victoire, 41.

PRÉFACE

E terrain de la curiosité, à Paris en particulier, est un sol d'une merveilleuse fécondité qui tient toujours en réserve quelque trésor caché, quelque découverte inattendue.

En dehors d'un petit nombre de spécialistes initiés, qui, avant l'Exposition du Trocadéro de 1889, soupçonnait l'existence de la Collection Ploquin ? Aussi bien la formation de cette Collection ne remonte qu'à quelques années. Bien que M. Ploquin ait eu, dès sa jeunesse, l'amour de la faïence, ce goût ne s'est développé chez lui et manifesté effectivement sous forme d'acquisitions sérieuses qu'à une date relativement récente.

Mais, dès le début, favorisée par les circonstances, et grâce à des occasions exceptionnelles offertes à M. Ploquin par des ventes d'amateurs tels que MM. de Lafaulotte, Fétis, Mazе-Sencier, etc., sa Collection marcha à pas de géant et le temps perdu fut vite réparé.

L'ensemble si remarquable que nous présentons aujourd'hui au public en témoigne hautement. Il représente à peu près complètement l'histoire de la faïence française au XVIIe et au XVIIIe siècle ; la faïence étrangère y figure également par des séries très importantes.

Les reproductions photographiques qui accompagnent ce catalogue nous dispensent de descriptions qui ne pourraient d'ailleurs donner qu'une bien insuffisante idée des principales pièces.

Nous nous bornerons donc à signaler à l'attention des amateurs et à leur recommander particulièrement : la Grande Fontaine polychrome de la première époque de Nevers, puis le Vase fond jaune et le Plat gros bleu à personnages orientaux de la même fabrique ; parmi les spécimens si nombreux de Rouen, la série des Sucrières en balustre et le grand Plat ovale décoré en bleu et rouille, de sujets pseudo-chinois; de Sceaux, les Jardinières et le Vase pot-pourri; enfin, de Delft, la paire de Bouteilles à décor cachemire.

Nous pourrions facilement poursuivre cette nomenclature, mais sa nécessaire aridité deviendrait fastidieuse. Il est plus simple de renvoyer les acheteurs aux objets eux-mêmes. Ils se convaincront facilement que ceux qui ont été reproduits ne méritaient pas seuls cette distinction, et il se pourrait faire que, dans les dépouilles de cette jeune collection, les plus riches parmi ses ainées trouvent de quoi combler quelque lacune, voire même ajouter un beau fleuron à leur couronne.

DÉSIGNATION DES OBJETS

FAIENCES FRANÇAISES

Nevers.

1 — Grande fontaine en forme de vase, à culot godronné, piédouche, col conique déprimé et couvercle bombé surmonté d'un bouton ; autour de l'épaulement, une guirlande de feuilles de chêne entourée d'un ruban bleu et coupée sur les deux côtés par deux masques grotesques ; au-dessous de cette guirlande, un lambrequin fond bleu, à dents terminées par des glands et formant saillie ; décor polychrome de paysages maritimes, avec monstres marins, tritons, etc. — Haut., 87 cent.

2 — Paire de vases octogones à épaulement arrondi et ouverture évasée, fond bleu représentant les flots de la mer, sur lequel se détachent des amours debout sur des ilots, des cygnes et des dauphins. — Haut., 23 cent.

3 — Vase à corps ovoïde, piédouche et col évasé portant un renflement à la base ; fond bleu imbriqué simulant les flots de la mer, sur lequel se détachent des figures de divinités marines en jaune, vert et manganèse ; les deux faces sont séparées par des bandes fond blanc, à imbrications ponctuées de vert. — Haut., 27 cent.

4 — Grand plat polychrome : au fond, le *Sacrifice d'Abraham*, encadré d'une bordure de rinceaux noirs sur fond jaune ; sur le marli, des rinceaux et des oiseaux ; marque B. — Diam., 465 millim.

5 — Plaque décorative quadrangulaire à bord mouluré en relief, formant encadrement orné de rinceaux jaunes : au fond, *le Christ à la*

colonne, en couleurs sur fond bleu; près du Christ, un personnage debout coiffé d'un turban et portant un manteau doublé d'hermine. — Haut., 24 cent.

6 — Statuette polychrome représentant sainte Anne enveloppée d'un manteau fleurdelisé et faisant lire la sainte Vierge enfant dans un livre qu'elle tient ouvert devant elle; soubassement cylindrique portant, en caractères bleus : *Ste Anne 1733.* — Haut., 44 cent.

7 — Statuette polychrome représentant saint Nicolas mitré faisant le geste de la bénédiction et tenant de la main gauche une crosse en métal; auprès de lui, trois enfants dans un baquet. Sur la base : *Saint Nicolas.* — Haut., 44 cent.

8 — Figurine de personnage en costume du temps de Louis XIII, décoré en bleu, jaune et violet de manganèse; la tête est percée d'une ouverture à la partie supérieure et le chapeau rejeté en arrière porte également une ouverture. — Haut., 33 cent.

9 — Applique porte-lumière en forme de médaillon encadré de moulures contournées en volutes, et contenant un jeune page en haut-relief, en costume de la fin du xvie siècle et tenant dans sa main droite le récipient destiné à recevoir la bougie ; le costume est polychrome. — Haut., 39 cent.

10 — Bouteille à corps cylindrique, aplati sur les deux faces, col cylindrique et quatre attaches latérales; sur chaque face, un médaillon quadrilobé contenant des bouquets de fleurs en bleu, vert et jaune. — Haut., 31 cent.

11 — Gourde ovoïde aplatie, à col cylindrique renflé autour de l'ouverture; sur l'épaulement, deux attaches; décor en bleu, vert et jaune de bouquets et d'oiseaux. — Haut., 265 millim.

12 — Gargoulette de forme turbinée, à ouverture cylindrique, goulot tubulaire, anse supérieure et anse latérale ; décor jaune, bleu et vert de bouquets de tulipes dessinés en noir. — Haut., 24 cent.

13 — Bénitier polychrome à récipient sphéroïdal, à ouverture évasée et culot composé de boules superposées, se rattachant à une plaque ovale encadrée de volutes et de têtes de chérubins en relief, et contenant l'Annonciation. — Haut., 45 cent.

1

14 — Bénitier à récipient sphéroïdal à bord évasé, se rattachant à une plaque encadrée de volutes en relief et surmontée d'une tête de chérubin dans une coquille, et représentant la sainte Vierge ; décor polychrome se détachant sur fond jaune. Les encadrements sont teintés en violet de manganèse. — Haut., 38 cent.

15 — Jardinière ovale, à piédouche, ouverture évasée et deux anses placées aux extrémités et formées par des têtes de bouc ; décor en vert de cuivre de branchages fleuris dessinés en noir. — Long., 28 cent.

16 — Saladier à bord dentelé et pourtour extérieur côtelé en spirale, décor polychrome : l'Arbre d'amour. — Diam., 34 cent.

17 — Plat creux ovale, à large marli plat, à décor polychrome, dont la forme rappelle Palissy ; au fond, une cavité centrale contenant un paysage ovale, accompagnée de quatre cavités rondes, entourées de filets saillants, décorées de fonds losangés et séparées par des fleurons ; sur le marli, des ornements en relief se détachant, en réserve, sur fond jaune. — Long., 33 cent.

18 — Plat long, à bord festonné ; décor polychrome : au fond et sur les bords, des reptiles, poissons et grenouilles en relief ; sur le bord, un pêcheur à la ligne et des plantes d'eau. — Long., 44 cent.

19 — Assiette à bord bleu et décor plein polychrome, de style italien : un paysage avec arbres, rochers et cours d'eau ; sur le devant, un homme et une femme couchés, buvant, accompagnés de deux enfants, dont l'un tient une aiguière. — Diam., 225 millim.

20 — Assiette à décor polychrome : au fond, un paysage dans un médaillon octogone, se détachant sur des fonds variés de bâtons rompus et de quadrillages ; bordure de grands rinceaux feuillus se détachant sur fond bleu. — Diam., 215 millim.

21 — Assiette à décor polychrome dans le style de Moustiers, genre Bérain ; au fond, motif ornemental avec cariatide centrale, vase, lambrequin et figures grotesques ; bordure de lambrequins ornés d feuilles d'acanthe. — Diam., 23 cent.

22 — Assiette semblable avec variante dans la bordure — Diam., 23 cent.

23 — Vase à corps ovoïde, piédouche et ouverture cylindrique, fond jaune à décor de bouquets en blanc et bleu. — Haut., 26 cent.

Exposition du Trocadéro de 1889. — N° 1782 du Catalogue. — Cette pièce est reproduite dans l'*Histoire de la Céramique*, de M. Ed. Garnier.

24 — Vase cylindrique, à épaulement arrondi et ouverture évasée, fond gros bleu à décor de bouquets et d'oiseaux en blanc et jaune d'ocre. — Haut., 23 cent.

25 — Petit vase cylindro-ovoïde, à piédouche, ouverture évasée bordée d'un ourlet et deux anses latérales torses; fond gros bleu décoré de bouquets en blanc et jaune d'ocre. — Haut., 95 millim.

26 — Potiche turbinée, à pied élargi et ouverture cylindrique, fond gros bleu, à décor de fleurs et d'oiseaux en blanc et jaune d'ocre. — Haut., 21 cent.

27 — Petit vase bursaire, fond gros bleu, décoré de bouquets en blanc et jaune d'ocre. — Haut., 17 cent.

28 — Petit pichet à corps turbiné, col cylindrique, à ouverture formant déversoir et anse en S; fond bleu jaspé de blanc. — Haut., 16 cent.

29 — Porte-bouquet de forme oblongue, à trois tubulures et percé de trous, élevé sur piédouche; fond gros bleu, à décor de bouquets en blanc. — Haut., 13 cent.

30 — Grand plat fond gros bleu décoré en blanc; au fond, un paysage, avec palmiers et personnages, en costume oriental; sur le marli, large bordure de quadrillages à quatre réserves lobées contenant des fleurs.
Exposition du Trocadéro de 1890. — N° 1813 du Catalogue. — Diam., 54 cent.

31 — Coupe basse godronnée; fond gros bleu, à décor blanc de paysage, avec deux personnages en costume oriental. — Diam., 20 cent.

32 — Coupe basse, fond gros bleu, décorée en blanc de rinceaux fleuris et d'oiseaux, dans une bordure fleuronnée. — Diam., 185 millim.

33 — Coupe basse, fond gros bleu, décorée en blanc et jaune d'ocre; au centre, un bouquet de tulipes et anémones; autour, bordure de quatre groupes de tiges fleuries. — Diam., 23 cent.

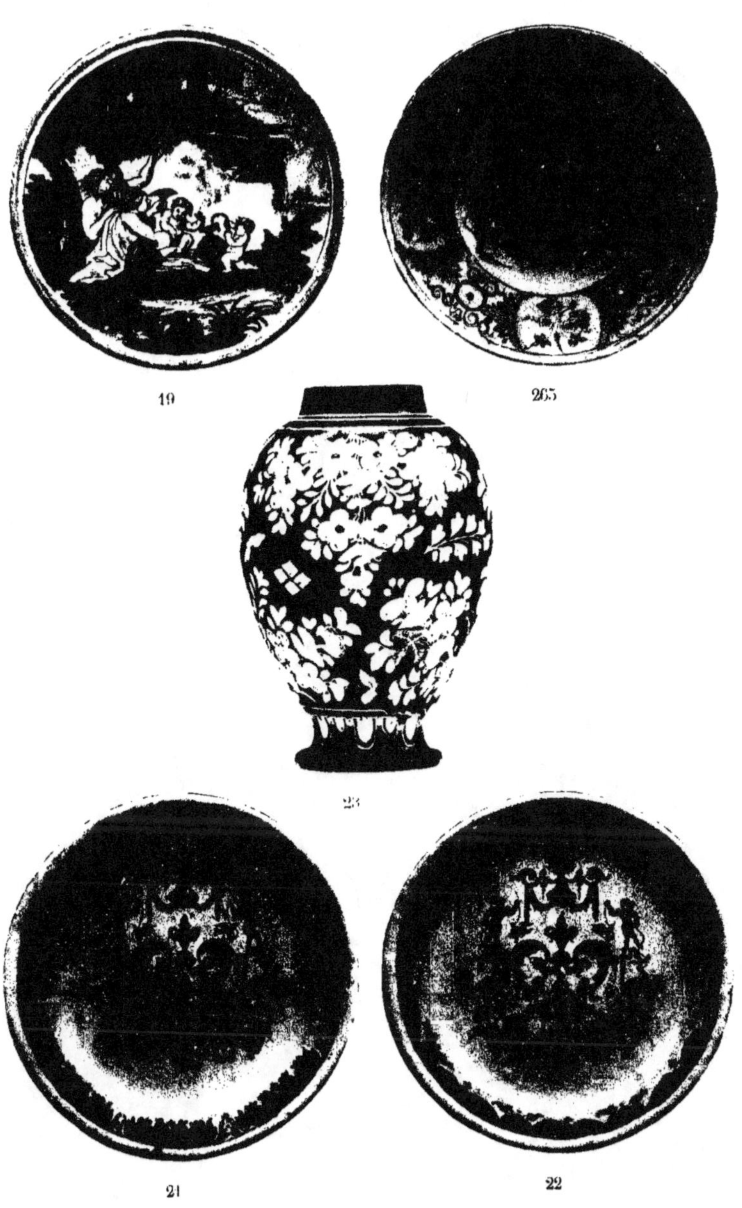

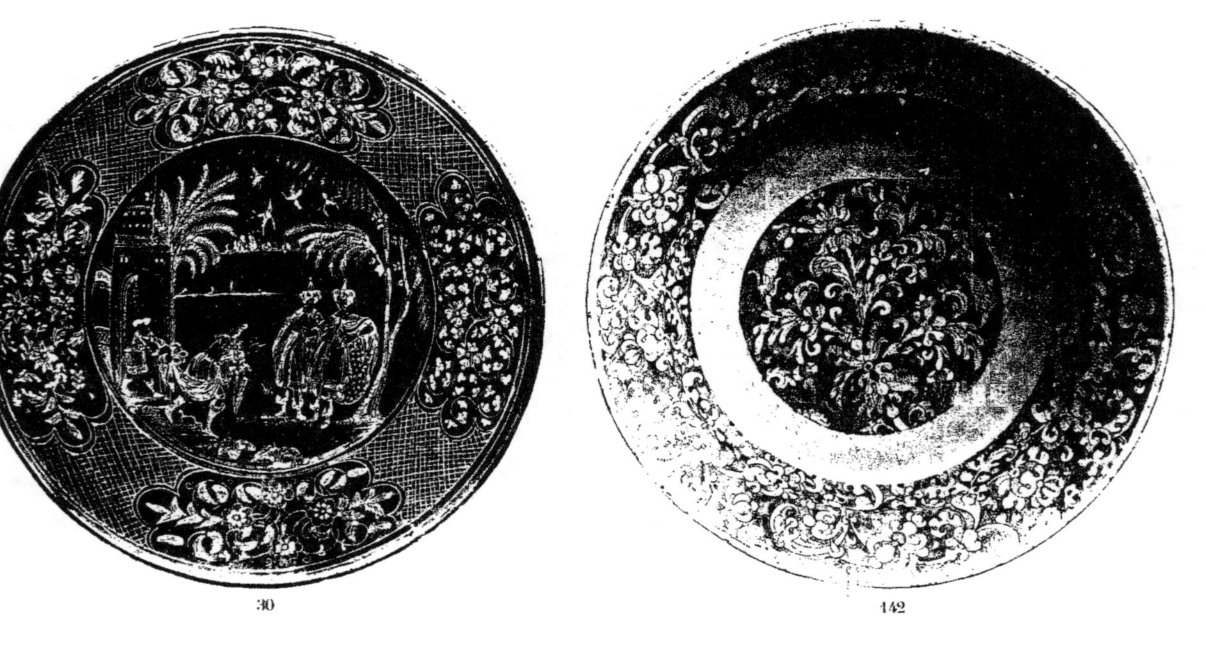

30

142

34 — Coupe basse à bord renversé, fond gros bleu, décoré en blanc; au centre, dans un médaillon, un oiseau sur un arbrisseau fleuri; autour, bordure de rinceaux à grandes fleurs d'œillet. — Diam., 24 cent.

35 — Petite écuelle hémisphérique à deux anses en S et couvercle bouclé, surmonté d'un bouton pyramidal, composé de trois rinceaux; fond gros bleu décoré en blanc rehaussé de jaune, de rinceaux feuillus et d'oiseaux. — Diam., 12 cent.

36 — Gourde ovoïde aplatie, à goulot cylindro-conique renflé autour de l'ouverture, et quatre attaches latérales, décorée en bleu et jaune; sur chaque face, un médaillon quadrilobé, encadré de rocailles et contenant, d'un côté sainte Marie et saint Nicolas, et, de l'autre, saint Clément et saint Louis. — Haut., 34 cent.

37 — Pot trompeur ovoïde, à col cylindrique ajouré et anse en S; autour de l'ouverture, bourrelet portant trois petits déversoirs tubulaires; décor bleu et jaune; sur la panse, un meunier sur un âne, une femme tenant une montre; un cerf pleurant; le tout accompagné de légendes. — Haut., 21 cent.

38 — Gourde orbiculaire, à piédouche quadrangulaire percé de deux trous aux extrémités, deux attaches latérales formées par des mascarons, et deux goulots tubulaires. — Haut., 175 millim.

39 — Pot-pourri de forme turbinée, à pied élargi, deux anses latérales et couvercle plat percé de trous; l'épaulement porte également une série de trous; décoré en bleu et violet de manganèse de paysages et personnages de style chinois. — Haut., 16 cent.

40 — Gargoulette ovoïde à piédouche, goulot tubulaire et anse en S; décor bleu dessiné en violet de manganèse de grands rinceaux feuillus; sur la face : *S. Berber*, au-dessus d'un ornement composé de rinceaux terminés par des têtes d'aigles. — Haut., 21 cent.

41 — Gargoulette à corps ovoïde, à culot goudronné, piédouche, goulot tubulaire, à anse double contournée formée par deux serpents; décor bleu et violet de manganèse de style pseudo-chinois. — Haut., 23 cent.

42 — Grand plat décoré en bleu et violet de manganèse; au fond, Neptune debout sur un char traîné par trois chevaux marins; sur le marli, des tiges fleuries et des oiseaux. — Diam., 57 cent.

43 — Grand plat décoré en bleu et violet de manganèse : *les Trois Parques.* — Diam., 405 millim.

44 — Grand plat décoré en bleu et violet de manganèse ; au fond, une chasse au buffle dans le genre de Tempesta ; sur le marli, bordure de grosses fleurs, coupée par quatre réserves contenant des cavaliers. — Diam., 56 cent.

45 — Plat creux à large marli ; décor plein, en bleu et violet de manganèse, de paysage avec personnages pseudo-chinois. — Diam., 33 cent.

46 — Cuvette oblongue octogone, décor bleu et jaune d'ocre ; au fond, deux personnages couchés sur une table à pieds en console ; près d'eux, une couronne royale fleurdelisée ; bordure de dentelures. — Long., 33 cent.

47 — Assiette à décor plein en bleu et violet de manganèse : un paysage avec deux personnages pseudo-chinois. — Diam., 25 cent.

48 — Assiette décorée en bleu et violet de manganèse ; au fond, un paysage avec personnages pseudo-chinois ; bordure de rinceaux fleuris à grandes feuilles. — Diam., 23 cent.

49 — Assiette décorée en violet de manganèse d'un paysage avec deux personnages. — Diam., 22 cent.

50 — Deux lions couchés formant pendants ; la tête, la crinière, la queue et les extrémités sont rehaussées de bleu. — Long., 20 cent.

51 — Gourde ovoïde aplatie, à piédouche, col cylindro-conique renflé autour de l'ouverture et quatre attaches latérales ; décor bleu de paysages avec personnages. — Haut., 29 cent.

52 — Gourde ovoïde aplatie à col cylindrique et quatre attaches latérales torses entre lesquelles sont placés deux mascarons formant anses ; décor bleu de paysages et personnages pseudo-chinois. — Haut., 38 cent.

53 — Bouteille à corps sphérique surbaissé et long col cylindrique à ouverture évasée ; décor bleu ; sur la panse : d'un côté, un centaure ; de l'autre, des personnages pseudo-chinois ; sur le col, des fleurs et un oiseau ; autour de l'ouverture, bordure de feuilles d'eau. — Haut., 27 cent.

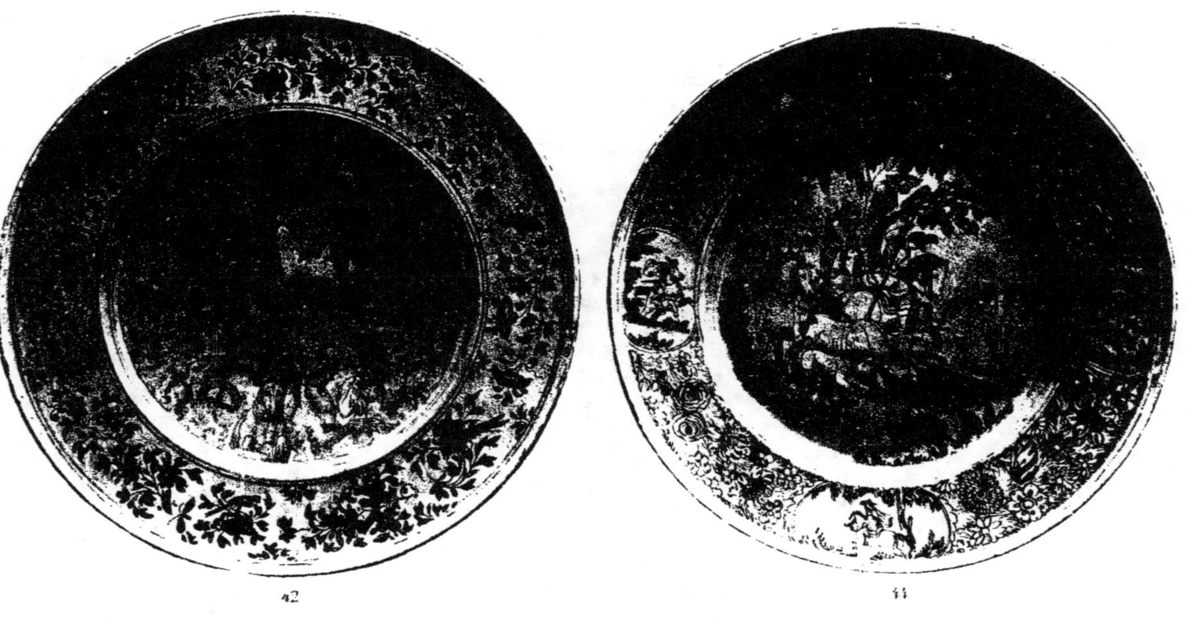

42

44

54 — Aiguière à corps ovoïde octogone, piédouche, ouverture évasée se contournant en déversoir et anse torse surélevée ; décor bleu à personnages de style chinois. — Haut., 24 cent.

55 — Petite bouteille ovoïde à col évasé coupé en son milieu par un renflement ; décor bleu, de style rouennais. — Haut., 17 cent.

56 — Drageoir ovale à bords lobés et dentelés, à piédouche et pourtour ajouré, décoré en bleu ; au centre, un écu armorié, polychrome, timbré d'une couronne et accosté de deux branches fleuries. — Long., 25 cent.

57 — Grand plat décoré en bleu ; au fond, un paysage avec personnages pseudo-chinois ; sur le marli, bordure fond bleu à rosaces et rinceaux en réserve, coupée par quatre médaillons de personnages. — Diam., 54 cent.

58 — Plateau à bord relevé élevé sur piédouche ; décor bleu : Mendiants à la manière de Callot ; parmi eux, une femme chevauchant sur un porc. — Diam., 275 millim.

59 — Petit plat creux à large marli, décor bleu : au fond, deux guerriers dans un paysage ; sur le marli, deux médaillons de paysages et des tiges fleuries. — Diam., 295 millim.

60 — Assiette décorée en bleu de tiges fleuries de style chinois et d'un écusson cantonné de jaune. — Diam., 23 cent.

61 — Assiette à marli étroit, décorée en bleu ; au fond, sur un cul-de-lampe, un cartouche armorié supporté par deux lions et surmonté d'une couronne de marquis. — Diam., 24 cent.

62 — Assiette à large marli et décor plein en bleu encadré de trois filets ; au centre, un panier fleuri sur terrasse, entouré d'oiseaux et bouquets jetés. — Diam., 245 millim.

63 — Assiette à large marli, décorée en bleu ; au fond, un personnage appuyé sur un bâton, dans un paysage ; sur le marli, des chimères ailées et deux médaillons de paysages. — Diam., 24 cent.

64 — Assiette à décor bleu, de style rouennais ; au centre, un cartouche portant un écu armorié surmonté d'une couronne comtale ; bordure

de lambrequins et fleurons. En dessous, l'inscription : *L. Chapel. 1700.*
— Diam., 215 millim.

65 — Assiette à bord festonné et décor bleu : un personnage enveloppé
d'un manteau et coiffé d'un chapeau à plumes, d'après Callot; étroite
bordure dentelée. — Diam., 23 cent.

66 — Assiette décorée en bleu; au fond : Saint Martin partageant son
manteau avec un mendiant, sur un soubassement au-dessous duquel
on lit la date 1725. Étroite bordure de quadrillages de style chinois.
— Diam., 225 millim.

67 — Saladier à bord festonné et pourtour extérieur côtelé en spirale;
décor bleu : Sainte Marguerite tenant une palme et debout auprès
d'un dragon, dans un paysage avec cours d'eau traversé par un pont.
— Diam., 35 cent.

68 — Saladier à bord dentelé et décor polychrome d'enfants dansant et
jouant des instruments sur une terrasse; au bord, des draperies relevées par des cordelières à glands. — Diam., 32 cent.

69 — Paire de petits sabots de Noël, semés d'étoiles en jaune et violet de
manganèse. — Long., 13 cent.

70 — Petit sabot de Noël, à décor bleu de style rouennais. — Long.,
14 cent.

Rouen.

71 — Paire de gourdes de forme ovoïde aplatie, piédouche, col cylindrique et couvercle capsulaire surmonté d'un bouton; sur les côtés,
quatre attaches : décor bleu et rouge pseudo-chinois; sur les faces,
grands médaillons quadrilobés encadrés de rocailles, et contenant
des paysages avec personnages. — Haut., 38 cent.

72 — Petit vase octogone à corps ovoïde, piédouche et petit col; élégant
décor polychrome, dit de ferronnerie, couvrant la panse et délimité
sur l'épaulement par une étroite bordure jaune; autour de l'ouverture, bordure de lambrequins. — Haut.. 15 cent.

73 — Gourde octogone à deux renflements; décor bleu de lambrequins et
fleurons. — Haut., 205 millim.

71

250

71

387 387

78 72 79

74 — Pichet à corps ovoïde, col s'évasant en déversoir et anse ; décor
bleu ; sur la face, dans un médaillon à bords contournés, saint Jean
dans un paysage ; au-dessous, l'inscription : *Jean Soudanet. 1709* ;
sur les côtés, médaillons contenant un ornement crucifère ajouré,
au milieu d'un fond bleu décoré de rinceaux et fleurons en réserve ;
près de l'attache de l'anse, deux cornes d'abondance. — Haut., 23 cent.

75 — Pichet à corps ovoïde, anse et col renflé s'évasant en déversoir ;
décor bleu chatironné de noir, formant, sur la panse, trois compartiments ; celui de la face contient une figure de saint Jean-Baptiste,
assis ; les autres, des bouquets en pendentifs et des draperies ; bordures fond bleu, décorées en réserve. — Haut., 30 cent.

76 — Pot à surprise à anse, corps ovoïde et col cylindrique ajouré ; bord
saillant portant un petit goulot tubulaire ; décor bleu de lambrequins
et fleurons. — Haut., 185 millim.

77 — Pot à eau bursaire à anse et couvercle, à charnière en étain ; décor
aux couleurs des faïences à la corne ; sur la face, un panier fleuri avec
branches de grenades ; sur le couvercle, une branche de grenades. —
Haut., 22 cent.

78 — Sucrière en forme de balustre à couvercle vissé, en dôme, ajouré,
surmonté d'un bouton ; richement décorée en bleu et rouille ; autour
de l'ouverture, des fonds partiels quadrillés dans des encadrements
de rinceaux et se détachant sur un fond bleu à ornements en réserve :
au pourtour de la panse, des lambrequins soutenant des guirlandes.
— Haut., 23 cent.

79 — Sucrière en forme de balustre, à couvercle vissé, en dôme, ajouré,
surmonté d'un bouton ; décorée en bleu et rouille ; autour de l'ouverture, des lambrequins fleuronnés ; sur la panse, ceinture de rinceaux
fleuris. — Haut., 235 millim.

80 — Sucrière de forme cylindro-conique, à couvercle vissé, en dôme,
ajouré, surmonté d'un bouton ; décor en bleu et rouge ; sur la panse,
trois panneaux contenant un bouquet disposé en fleuron et se détachant sur un fond bleu portant des rinceaux et des feuillages en
réserve. — Haut., 20 cent.

81 — Sucrière en forme de balustre, à couvercle vissé en dôme ajouré
surmonté d'un bouton ; décoré en bleu et rouille de lambrequins,

fleurons et bouquets en pendentif ; sur le piédouche, de faux godrons à fonds partiels quadrillés. — Haut., 24 cent.

82 — Sucrière de forme cylindro-conique à base élargie et couvercle en dôme, ajouré et surmonté d'un bouton ; décor bleu de lambrequins et fleurons ; monture en étain. — Haut., 19 cent.

83 — Moutardier doliiforme à couvercle bombé, surmonté d'un bouton et monture à charnière en argent, rattachée à l'anse ; décor polychrome de lambrequins quadrillés, alternant avec des guirlandes. — Haut., 8 cent.

84 — Porte-huilier ovale, à trois petits pieds et quatre ouvertures supérieures pour les burettes et leurs bouchons ; décor fond bleu à réserves de rinceaux, fleurons et fonds partiels quadrillés en rouille ; aux extrémités, deux anses formées par des coquilles. — Long., 24 cent.

85 — Paire de chandeliers à tiges en balustre ; décor polychrome de bouquets. — Haut., 21 cent.

86 — Deux petits pots à pommade cylindriques, à couvercle plat, surmonté d'un bouton ; décor polychrome de branchages fleuris. Marques : sous l'un : S D en bleu ; sous l'autre : n D en rouge. — Haut., 5 centimètres.

87 — Deux petits lions formant pendants, sur soubassements, peints en bleu ; la tête et la crinière sont teintées en jaune et violet de manganèse. — Long., 125 millim.

88 — Grand plat à décor polychrome de grandes tiges portant des fleurs et des fruits chimériques. — Diam., 495 millim.

89 — Grand plat long octogone à bord godronné, décor polychrome ; au fond, un panier fleuri ; sur le marli, bordure fond bleu décorée en réserve de tiges fleuries et de grenades. — Long., 545 millim.

90 — Plat long à bord festonné, décor polychrome ; au fond, un motif de rocailles accompagnées de carquois, torche, colombes et tiges fleuries ; bordure fond vert quadrillé, à contours festonnés. — Long., 48 cent.

91 — Plat à bord festonné, décor polychrome ; au fond, debout sur un tertre, une gouivre ou gargouille. — Diam., 34 cent.

92 — Plat à bord festonné, et décor polychrome de bouquets jetés. En dessous, la marque : D. D. — Diam., 30 cent.

93 — Plat long à bord festonné, décor polychrome à la corne. — Long., 30 cent.

94 — Petit plat long à bord festonné, décor polychrome : au centre un cartouche encadré de rocailles et imbrications contenant un bouquet ; bordure fleuronnée à fonds de quadrillages. — Long., 31 cent.

95 — Petit plat long octogone, à décor polychrome; au centre, une scène de chasse, bordure de lambrequins à coquilles, rinceaux et fonds partiels quadrillés et ponctués de rouge, coupée à la partie supérieure par un écu aux armes des Duprat, posé sur une croix de Malte. — Long., 29 cent.

96 — Plateau à bord relevé, festonné et dentelé et deux anses torses en poignée, décor polychrome; au fond, sur un tertre, des canards et des tiges fleuries ; sur le bord, des groupes de fleurs et des papillons. — Diam., 35 cent.

97 — Plat à barbe à décor polychrome à la corne. — Long., 35 cent.
(Collection Delaherche.)

98 — Assiette à décor polychrome ; au fond, trois amours accompagnant deux dauphins sur les flots de la mer ; étroite bordure fond jaune d'ocre décorée de rinceaux noirs et coupée par huit réserves contenant des demi-rosaces rouges. — Diam., 24 cent.
Exposition du Trocadéro de 1889. — N° 1856 du catalogue. — Cette pièce est citée dans *la Faïence de Rouen*, de A. Pottier.

99 — Assiette à décor polychrome ; au centre, un panier fleuri sur un cul-de-lampe ; riche bordure de lambrequins fleuronnés, à fonds partiels quadrillés et soutenant des guirlandes. — Diam., 25 cent.

100 — Assiette à décor plein, polychrome, de style pseudo-chinois de paysage avec personnages. — Diam., 24 cent.

101 — Assiette à décor polychrome ; au centre, un panier fleuri sur un cul-de-lampe ; bordure de lambrequins avec fleurons, coquilles et fonds partiels quadrillés. — Diam., 25 cent.

102 — Assiette à décor polychrome plein ; un paysage avec personnages pseudo-chinois. — Diam., 24 cent.

103 — Assiette à décor polychrome ; au fond, un panier fleuri ; bordure de lambrequins à fonds partiels quadrillés, coquilles et fleurons. — Diam , 235 millim.

104 — Assiette à décor polychrome ; au fond, un écu ovale (d'azur semé de fleurs de lis d'or et portant, au centre, une croix blanche), entouré de deux palmes : étroite bordure de quadrillages et ornements de style chinois. — Diam., 24 cent.

105 — Assiette à bord découpé en huit grandes dents ; décor polychrome à la corne. En dessous : D T. — Diam., 26 cent.

106 — Assiette à décor polychrome ; au fond, un paysage avec pagodes chinoises ; sur le marli, bordure fond bleu foncé à six réserves de tiges fleuries alternant avec de grosses fleurs ornementales jaunes. — Diam., 24 cent.

107 — Assiette à bord festonné ; décor polychrome ; au fond, des tiges de fleurs ornementales ; bordure de quadrillages à six réserves contenant des demi-grenades. — Diam., 255 millim.

108 — Assiette à décor polychrome ; au fond, un panier fleuri ; bordure fond bleu foncé ornée de grenades et tiges de fleurs en réserve. — Diam., 245 millim.

109 — Assiette à décor polychrome de style chinois ; au fond, des tiges à grandes fleurs ornementales ; sur le marli, bordure de quadrillages à quatre réserves de fleurs. Marque G. B. — Diam., 235 millim.

110 — Assiette à bord festonné ; décor polychrome ; au centre, un carquois et une torche en sautoir, accompagnés de deux oiseaux et de tiges fleuries. — Diam., 25 cent.

111 — Assiette à décor polychrome de style chinois ; au fond, des branchages à grandes fleurs ornementales ; sur le marli, bordure de quadrillages, à quatre réserves de fleurs. — Diam., 24 cent.

112 — Assiette à décor plein, polychrome, pseudo-chinois ; paysage aquatique traversé par un pont sur lequel sont deux personnages,

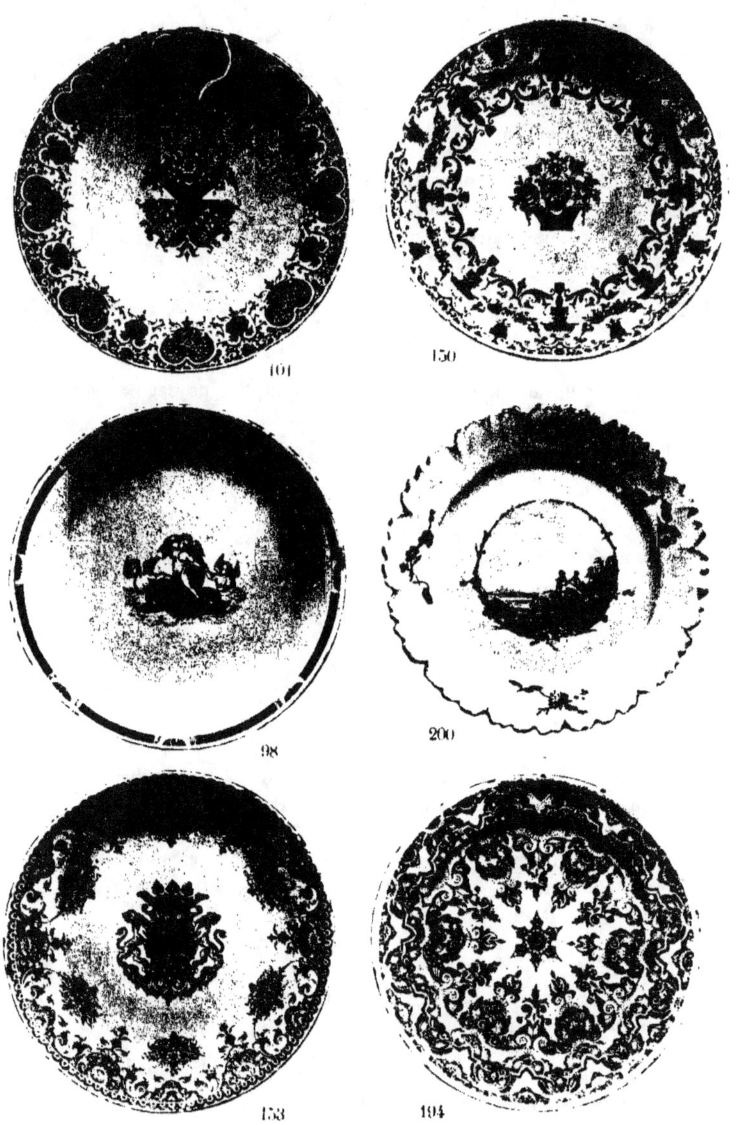
101
150
98
200
153
194

l'un dansant, l'autre jouant d'une sorte de trompette. Marque : A. — Diam., 24 cent.

113 — Assiette à bord festonné ; décor polychrome ; deux oiseaux aquatiques debout dans une pièce d'eau ; de chaque côté, de grandes tiges fleuries. — Diam., 25 cent.

114 — Assiette à bord festonné ; décor polychrome ; un cygne nageant entre deux groupes de fleurs et roseaux ; sur le marli, une couronne de fleurs. — Diam., 25 cent.

115 — Assiette à bord festonné et décor polychrome ; un vase contenant de grandes fleurs placé sur une console, accostant un médaillon encadré de rocailles et contenant un paysage ; de l'autre côté, une corne d'abondance d'où s'échappent des tiges fleuries. — Diam., 25 cent.

116 — Assiette à décor [polychrome ; au fond, deux écus d'alliance surmontés d'un casque à lambrequins ; bordure de style chinois à compartiments de quadrillages, fleurs et fruits se détachant sur un fond bleu, et quatre réserves de fleurs. — Diam., 245 millim.
(Collection Maze-Sencier.)

117 — Assiette à bord évasé ; décor polychrome ; au fond un paysage avec pagode ; bordure de quadrillages à quatre réserves de crustacés. — Diam., 24 cent.

118 — Assiette à bord festonné ; décor polychrome ; au fond une haie fleurie ; bordure fleuronnée à fond de vermicelles et pendentifs de fleurs. — Diam., 25 cent.

119 — Assiette à bord festonné ; décor polychrome ; une corne tronquée contenant des œillets, une haie de graminées, etc. — Diam., 25 cent.

120 — Assiette à bord festonné à décor polychrome ; au fond, un combat de coqs ; autour, de grandes tiges fleuries. — Diam., 25 cent.

121 — Assiette à bord festonné ; décor de bouquets polychromes. — Diam., 25 cent.

122 — Assiette à bord festonné ; variante du décor à la corne. — Diam., 25 cent.

123 — Assiette à bord lobé ; décor à la corne. — Diam., 24 cent.

124 — Compotier à bord lobé ; décor polychrome dit à la corne tronquée.
— Diam., 23 cent.

125 — Assiette à bord festonné, à décor de bouquets polychromes ; au
centre, en bleu, un cartouche armorié, surmonté d'une couronne de
comte. — Diam., 23 cent.

126 — Assiette à bord festonné ; décor polychrome de paysage avec personnage, pagode, etc., de style pseudo-chinois. En dessous, MD en
rouge. — Diam., 255 millim.

127 — Assiette octogone à décor polychrome ; au fond, un panier fleuri ;
riche bordure de lambrequins et guirlande entourant quatre cartouches contenant des paniers fleuris. — Diam., 25 cent.

128 — Assiette octogone ; décor polychrome ; au fond, un panier fleuri ;
sur le bord, quatre guirlandes alternant avec des cartouches fleuronnés à fonds quadrillés. — Diam., 25 cent.

129 — Petit compotier à bord dentelé et décor polychrome au carquois ;
bordure festonnée à fonds partiels de quadrillages. — Diam., 21 cent.

130 — Petit compotier à bord dentelé ; décor polychrome à la corne. —
Diam., 22 cent.

131 — Assiette à bord festonné ; décor bleu, jaune et violet de manganèse ;
au fond, sainte Marguerite tenant la croix et accompagnée d'un dragon ; bordure dentelée. — Diam., 25 cent.

132 — Assiette bordée d'un filet jaune et violet de manganèse, de personnages pseudo-chinois sur terrasse, oiseaux fantastiques, insectes et
rochers fleuris. — Diam., 23 cent.

133 — Plat à bord lobé ; décor polychrome d'oiseaux sur terrasse ; sur le
marli, deux oiseaux volant et une grappe de cerises. Fabrique de Le
Vavasseur. — Diam., 30 cent.

134 — Plat de même forme et décor analogue ; sur le marli, deux oiseaux
volant et une tige de fleur. Fabrique de Le Vavasseur. — Diam.,
30 cent.

155   154

102   100

151   148

135 — Assiette à bord lobé orné d'un filet brun ; décor polychrome ; au
fond, des oiseaux sur terrasse ; sur le marli, trois roses, feuillages et
fleurettes jetés. Fabrique de Le Vavasseur. — Diam., 25 cent.

136 — Assiette à bord lobé, orné d'un filet polychrome ; au fond, un
paysage maritime avec personnages, ruines, etc.; sur le marli, un
cygne nageant, un chien courant sur terrasse, et un papillon. —
Diam., 25 cent.
(Collection du marquis d'Iquelon.)

137 — Assiette à bord lobé, orné de filets pourpres terminés en palmettes
et de fonds particls verts quadrillés de noir ; décor polychrome ; au
fond, une tulipe ; sur le marli, des fleurettes et des feuilles jetées. —
Diam., 25 cent.
(Collection du marquis d'Iquelon.)

138 — Assiette à bord analogue et décor polychrome d'oiseaux sur terrasse. — Diam., 25 cent.
(Collection du marquis d'Iquelon.)

139 — Petite cuvette oblongue, octogone ; fond bleu foncé, à décor de
style oriental, émaillé en blanc, à rehauts polychromes ; au fond, un
bouquet de tiges fleuries ; bordure quadrillée, à quatre réserves de
fleurs. — Long., 265 millim.

140 — Grand plat ovale, à marli bordé d'un filet saillant, décoré en bleu
et rouge ; au fond, des personnages pseudo-chinois debout devant une
sorte d'édicule entouré de clôtures à hauteur d'appui et richement
décorées ; au centre, dans une niche, un personnage debout ; sur le
marli, de grands lambrequins fleuronnés. — Long., 63 cent.

141 — Grand plat à bord godronné, décoré en bleu ; au centre, un écu
armorié dans un cartouche surmonté d'une couronne ducale et d'un
chapeau de cardinal et accompagné d'une mitre et d'une crosse ;
autour, une ceinture de rinceaux fleuris et de fleurons ; sur le bord
étroit, bordure de rinceaux. — Diam., 57 cent.

142 — Plat décoré en bleu, à large marli, chargé de rinceaux et de
fleurs, dans le style persan ; au centre, grand médaillon circulaire à
décor analogue. — Diam., 54 cent.

143 — Plat oblong octogone, décoré en bleu ; au fond, un cartouche

armorié, supporté par deux lions et surmonté d'une couronne de
comte, occupant le centre d'un motif ornemental, à guirlandes, rinceaux, draperies, etc., dans le goût de Moustiers; bordure de fleurons
et de rinceaux. — Long., 46 cent.

144 — Plateau octogone, à décor rayonnant en bleu et rouille, avec
paniers fleuris: fonds partiels quadrillés, etc.; au centre, un cul-de-
lampe portant un fleuron accosté de deux oiseaux. — Diam., 29 cent.

145 — Assiette à décor rayonnant en bleu et jaune orangé, de bandes
alternées, l'une fond blanc, ornée de fleurons; l'autre, fond bleu,
décorée en réserve de fleurs, rinceaux et fonds partiels quadrillés; au
centre, dans une réserve, une tige d'œillet. — Diam., 24 cent.

146 — Assiette décorée en bleu et jaune d'ocre; au fond, un panier
fleuri sur un cul-de-lampe; bordure de lambrequins et fleurons. —
Diam., 24 cent.
(Collection Maze-Sencier.)

147 — Assiette décorée en bleu et rouge d'une riche bordure de lambrequins fleuronnés, avec coquilles et fonds partiels de quadrillages; au
centre, une fleur. — Diam., 24 cent.

148 — Assiette décorée en bleu et rouge d'un paysage avec personnages
pseudo-chinois, encadré d'une bordure de fleurons et demi-rosaces
sur fond bleu. — Diam., 235 millim.

149 — Assiette décorée en bleu et rouge d'une riche bordure de lambrequins fleuronnés à fonds partiels de quadrillages; au centre, un personnage chinois tenant une fleur et un éventail. — Diam., 235 millim.

150 — Assiette décorée en bleu et rouge : au centre, un panier fleuri;
riche bordure de lambrequins, vases, guirlandes et ornements de
ferronnerie. — Diam., 245 millim.

151 — Assiette décorée en bleu et rouge de personnages et attributs
chinois placés au centre et dans des médaillons en réserve. —
Diam., 225 millim.

152 — Compotier creux godronné à bord dentelé; riche décor bleu et
jaune d'ocre rayonnant à huit compartiments en arcade avec pendentifs de fleurs. — Diam., 25 cent.

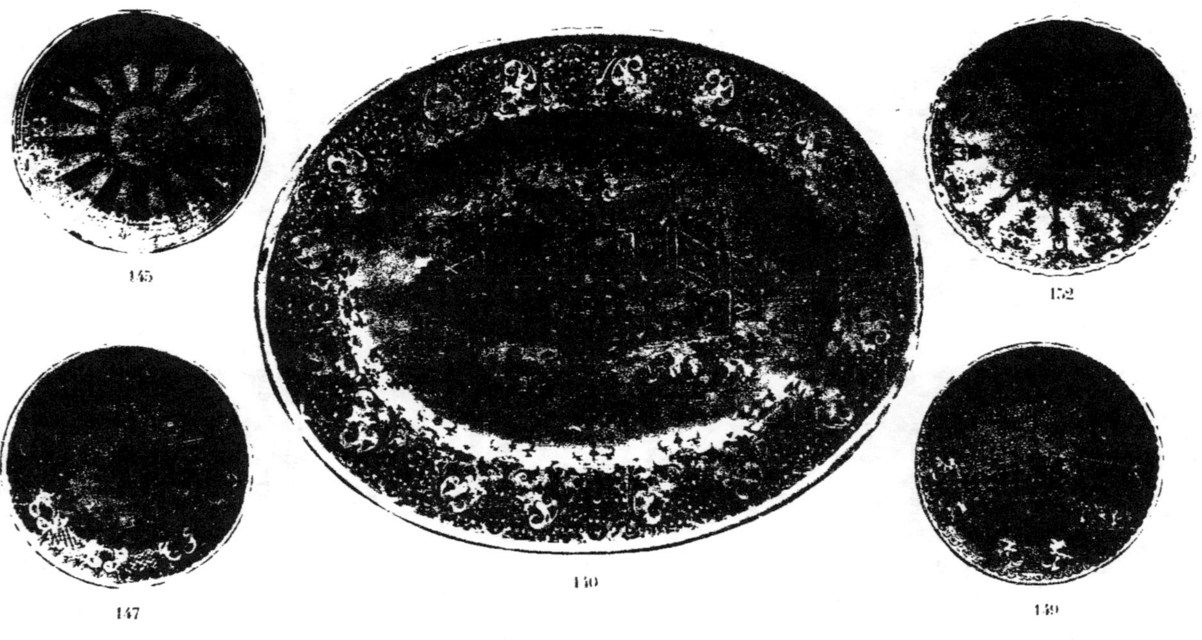

145

152

147

150

149

153 — Assiette décorée en bleu d'une riche bordure de lambrequins fleuronnés soutenant des guirlandes; au centre, un cartouche supporté par un cul-de-lampe, accosté de deux lions, surmonté d'une couronne de marquis et contenant un écu ovale aux armes de Poterat. — Diam., 235 millim.

154 — Assiette décorée en bleu d'une riche bordure de rinceaux et fleurons encadrant un médaillon qui occupe tout le fond et contient un paysage avec personnages : un homme et une femme en costume héroïque, assis au pied d'un arbre; près d'eux, un homme en costume du temps de Louis XIV.

Cette pièce a figuré à l'Exposition du Trocadéro de 1889, n° 1845 du catalogue. — Diam., 23 cent.

155 — Assiette, décor plein en bleu : un paysage rocheux avec personnages pseudo-chinois et animaux. — Diam., 24 cent.

156 — Assiette à décor rayonnant, fond bleu orné de rinceaux et fleurons, sur lequel se détache une grande réserve à huit dents contenant une riche rosace à huit divisions reliées par des fleurons. — Diam., 24 cent.

157 — Assiette à bord festonné, décorée en bleu; au fond, un cartouche supporté par un lion et un paon et surmonté d'une couronne de comte, contenant deux écus d'alliance, aux armes de la famille Curault d'Orléans; étroite bordure d'imbrications et ornements de style chinois. Marquée P. — Diam., 25 cent.

158 — Assiette décorée en bleu : sous le marli, bordure dentelée et fleuronnée; au fond, une couronne d'élégants ornements à rosaces, fleurons et rinceaux entourant un oiseau placé au centre. — Diam., 23 cent.

159 — Plateau oblong octogone, à décor bleu de style chinois; au centre, un paysage avec des oies sauvages; bordure de rinceaux et rosaces. — Long., 385 millim.

160 — Petit plateau oblong octogone, à bord évasé, décor bleu; au fond, un riche médaillon fond bleu portant quatre mascarons grotesques et une réserve contenant un animal fantastique et des fleurs; autour, des fleurons et des rinceaux; bordure fond bleu à ornements en réserve. — Long., 295 millim.

161 — Cuvette ovale à bord festonné ; décor bleu rehaussé de noir ; au fond, un panier fleuri sur un cul-de-lampe composé de rinceaux et de cornes d'abondance ; bordure de lambrequins à guirlandes et fonds partiels quadrillés. — Diam., 315 millim.

162 — Carreau de fourneau décoré en bleu d'un médaillon octogone contenant un amour. — Diam., 14 cent.

Sinceny.

163 — Deux figurines de lévriers assis sur un soubassement teinté en vert ; les pieds, la queue et le collier en jaune ; les côtés et les cuisses en violet de manganèse ; le reste du corps est semé de pois et fleurettes en rouge, bleu et jaune. — Haut., 21 cent.

164 — Paire de petits cache-pots ovoïdes, à piédouches et deux oreilles latérales ; décor polychrome de paysages et personnages pseudo-chinois. — Haut., 10 cent.

165 — Pichet ovoïde à anse et ouverture élargie s'évasant en déversoir ; décor polychrome aux couleurs des faïences à la corne ; sur la face, médaillon encadré de fleurs et feuillages contenant un personnage en costume de chasse ; de chaque côté, des guirlandes ; à la base, les initiales I. N. C. et la date 1757. — Haut., 27 cent.

166 — Gourde octogone à deux renflements et col légèrement évasé ; décor polychrome de bouquets de grenades, œillets, etc. ; sur le renflement supérieur, une ceinture de quadrillages ; au-dessus, une branche de cerisier. — Haut., 20 cent.

167 — Jardinière d'applique pentagone à partie supérieure percée de trous ; décor polychrome à personnages pseudo-chinois ; en dessous, la marque .S. — Haut., 9 cent.

168 — Écuelle hémisphérique à oreilles côtelées et couvercle bombé à bord festonné et bouton formé par un fruit accompagné de feuillages ; décor polychrome de personnages pseudo-chinois sur terrasses ; au fond de l'écuelle, un jeune garçon battant du tambour. — Diam., 17 cent.

169 — Soupière oblongue à bord festonné, à couvercle légèrement

bombé surmonté d'un bouton en fleuron ; décor polychrome de rochers fleuris et d'oiseaux pseudo-chinois. — Long., 31 cent.

170 — Ravier oblong à petites anses latérales et extrémités formant déversoirs ; décor polychrome de branchages fleuris avec deux oiseaux perchés. — Long., 205 millim.

171 — Grand plat long à bord festonné et godronné et étroite bordure d'entrelacs ; décor polychrome de paysage avec personnages pseudo-chinois. — Long., 56 cent.

172 — Petit plat long à contours festonnés ; décor plein polychrome : un paysage avec personnages pseudo-chinois. — Long., 31 cent.

173 — Petit plat long, à contours festonnés ; décor polychrome pseudo-chinois : une barque contenant deux personnages, dont l'un tire de l'arc, et voguant sur l'eau près d'un groupe de roseaux. (Marque . S.) — Long., 32 cent.

   Reproduite dans A. Warmont, *Recherches historiques sur les faïences de Sinceny.*

174 — Assiette à bord festonné ; décor polychrome de paysage avec personnages pseudo-chinois. En dessous : W f. — Diam., 24 cent.

175 — Assiette à bord festonné ; décor polychrome : des grenades, tiges fleuries et insectes. — Diam., 27 cent.

176 — Assiette à décor polychrome de grandes tiges portant de grosses fleurs ornementales. — Diam., 23 cent.

177 — Assiette à bord festonné ; décor polychrome : un perroquet perché sur un arbrisseau fleuri. — Diam., 26 cent.

178 — Compotier à bord festonné ; décor polychrome d'oiseaux perchés sur les branches d'un arbrisseau, au pied duquel sont placés des fruits. — Diam., 25 cent.

179 — Deux assiettes à étroite bordure d'entrelacs ; au centre, sur l'une, une femme debout tenant une quenouille et un fuseau ; sur l'autre, un berger coiffé d'un chapeau avec une plume. — Diam., 23 cent.

180 — Deux assiettes à bordure quadrillée coupée par des réserves contenant des demi-rosaces ; au centre, sur l'une, un berger debout sur

une terrasse et tenant son chapeau à la main ; sur l'autre, une bergère les deux mains réunies. — Diam., 24 cent.

(Collection Delaherche.)

Lille.

181 — Pièce de surtout oblongue, à bord contourné et soubassement supporté par six petits pieds ; décor de style rouennais, polychrome, à lambrequins avec corbeilles de fruits, fleurettes, etc. En dessous, marque : R. — Long., 36 cent.

182 — Deux pichets formés par une figure de femme assise en robe blanche semée de fleurettes. — Haut., 22 cent.

183 — Théière sphéroïdale à trois petits pieds, anse et goulot en forme de branchages et couvercle à bouton formé par un oiseau doré ; sur la panse, des rinceaux à grandes fleurs ornementales en reliefs dorés ; terre noire vernissée de l'atelier de Chanon. — Terre de Saint-Esprit. — Haut., 10 cent.

184 — Boite à épices ovale godronnée, à quatre divisions intérieures et couvercle légèrement bombé surmonté d'un bouton ; décor bleu de bordures composées d'enroulements et de fleurons. — Long., 11 cent.

185 — Ravier hémisphérique à deux déversoirs et deux anses latérales ; décor bleu de bordures dentelées de style rouennais. — Long., 17 cent.

186 — Plaque ronde, provenant d'un baromètre, à décor polychrome ; au centre, le siège d'une ville maritime ; autour, une réserve portant les indications *Grande pluie*, *Pluie ou vent*, *etc.;* bordure de zigzags. Encadrement en bois. — Diam., 18 cent.

187 — Plat décoré en bleu ; au fond, un motif ornemental fleuronné, inscrit dans une bordure hexagone ; sur le marli, des lambrequins. — Diam., 38 cent.

188 — Assiette à bord contourné à décor polychrome : au centre, des rocailles accompagnées de fleurs et de fruits disposées en couronne et entourant deux amours qui supportent une banderole sur laquelle on lit : MAITRE DALIGNE ; sur le marli, trois groupes de rocailles et

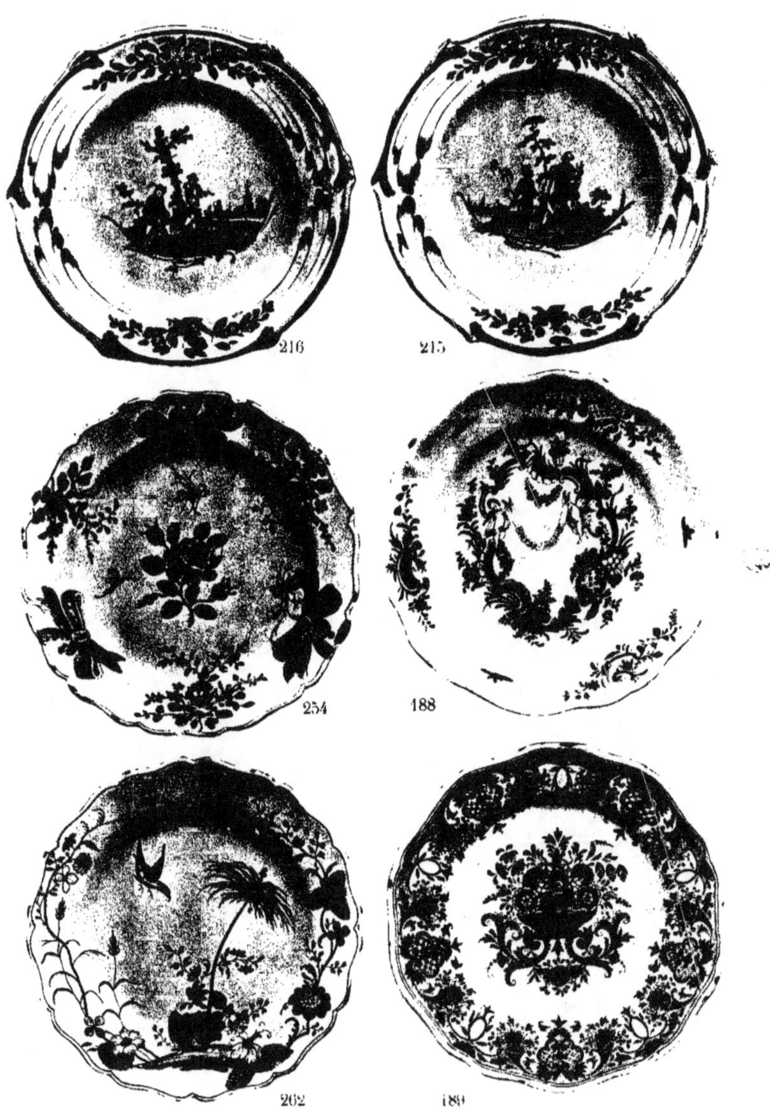

216
215
254
188
262
189

fleurs. En dessous, dans un médaillon formé par deux palmes surmontées de la couronne royale : LILLE 1767. — Diam., 25 cent.

Pièce citée et reproduite dans A. Jacquemart, *Merveilles de la céramique*.

189 — Assiette à bord contourné et décor polychrome de style rouennais : au fond, un panier fleuri porté par un cul-de-lampe ; bordure de lambrequins à fonds partiels quadrillés accompagnés de cornes d'abondance remplies de fleurs. — Diam., 25 cent.

190 — Assiette à décor polychrome ; bordure de lambrequins de style rouennais avec pendentif de fruits et fleurs ; au fond, semé de fruits pendant à de petites tiges garnies de feuilles. — Diam., 24 cent.

191 — Compotier à bord évasé et lobé ; décor polychrome de style rouennais ; au centre : un panier fleuri ; bordure de guirlandes et pendentifs. — Diam., 23 cent.

192 — Assiette portant, au centre, un cartouche armorié, surmonté d'une couronne de comte et d'un chapeau de cardinal, en bleu rehaussé de jaune et violet de manganèse. — Diam., 24 cent.

193 — Assiette à décor bleu rehaussé de jaune d'ocre, de style rouennais ; au centre, une grande rosace fleuronnée à cinq dents ; bordure de petits lambrequins. — Diam., 23 cent.

194 — Assiette décorée en bleu de lambrequins et fleurons couvrant la plus grande partie du fond ; au centre, une rosace à six pointes. — Diam., 23 cent.

195 — Compotier à bord dentelé et godronné à décor bleu de lambrequins et pendentifs de fleurs ; au centre, une rosace à huit divisions. En dessous, une fleur de lis. — Diam., 23 cent.

196 — Compotier à bord dentelé et godronné ; décor bleu : au centre, une grande rosace à huit dents séparées par des fleurons ; bordure de lambrequins. — Diam., 23 cent.

Sceaux.

197 — Paire de jardinières de forme cintrée à quatre pieds et partie surélevée décorée de palmes et coquilles en carmin ; le bandeau anté-

rieur est divisé en trois parties par deux pilastres cannelés ; bordures
en saillie de guirlandes laurées reliées par des rubans d'or et d'entrelacs en pourpre et or ; décor polychrome de paysages maritimes avec
personnages finement peints. — Long., 24 cent.
Exposition du Trocadéro. — N° 1938 du Catalogue.

198 — Pot-pourri en forme de vase, à corps cylindrique, piédouche, deux
anses rectangulaires surélevées et couvercle conique déprimé et ajouré,
surmonté d'un groupe de fruits et de fleurs en ronde bosse ; décor
polychrome : au pourtour, sur chaque face, un médaillon ovale, contenant, d'un côté, un sujet familier, une femme accompagnée de deux
enfants ; de l'autre, des oiseaux. Ces deux médaillons sont reliés par
des guirlandes : sur le piédouche et sur l'épaulement, bordure de
hachures en carmin, et bleu et or. — Haut., 24 cent.

199 — Plat long à bord festonné ; décor polychrome : au fond, une embar-
cation portant dans ses agrès des guirlandes de fleurs ; sur le marli,
des bouquets ; au bord, des filets pourpres et bleus. — Long., 36 cent.

200 — Assiette à bord dentelé strié de hachures bleues ; décor polychrome : au centre, un médaillon encadré de légères tiges de fleurs
et contenant un paysage ; sur le marli, trois tiges fleuries. — Diam.,
23 cent.
(Collection F. Fétis.)

201 — Assiette à bord lobé, orné d'un filet pourpre ; décor polychrome :
au fond et sur le marli, des fruits. — Diam., 245 millim.

202 — Assiette à décor polychrome : au fond, un paysage avec personnages ; sur le marli, des fleurettes et feuilles jetées. — Diam.,
225 millim.

203 — Assiette à bord festonné, orné d'un filet pourpre ; décor polychrome : au fond, une corbeille de fruits ; sur le marli, des bouquets.
— Diam., 23 cent.

204 — Assiette à bord lobé et doré, avec filet bleu ; décor polychrome :
au fond, un oiseau sur terrasse ; sur le marli, des fruits et des graminées. — Diam., 24 cent.

205 — Compotier à bords lobés et hachures bleues, contenant des olives
en ronde bosse ; décor de bouquets polychromes grassement peints.
— Diam., 23 cent.

COLLECTION PLOQUIN

197

198

197

Héliotypie E. Roubles, 73 rue Claude-Bernard.

Niederviller.

206 — Groupe de deux personnages : une jeune femme assise, un panier de fleurs au bras, et offrant un bouquet à un jeune homme, debout près d'elle et s'appuyant sur un bâton ; décor polychrome rehaussé d'or. — Haut., 24 cent.

207 — Écuelle couverte à deux anses latérales et plateau à bords godronnés et dorés ; décor de bouquets polychromes ; le bouton du couvercle est formé par une pomme accompagnée de feuillages. — Diamètre de l'écuelle, 12 cent. ; diamètre du plateau, 19 cent.

208 — Porte-huilier à deux récipients ajourés d'ouvertures ; deux salières latérales en forme de coquilles, tige perpendiculaire centrale, et deux burettes à anse terminée par une tête d'oiseau ; décor de bouquets polychromes ; sur l'une des burettes, la lettre E (Essig), et sur l'autre, un O (Œl). — Long., 18 cent.

209 — Tasse cylindrique à anse et soucoupe, décor polychrome de personnages sur terrasse, entourés de rinceaux et branchages en carmin. — Hauteur de la tasse, 62 millim. ; diamètre de la soucoupe, 125 millim.

210 — Tasse cylindro-ovoïde à anse contournée et soucoupe à bords dorés ; décor polychrome de paysages avec personnage. — Hauteur de la tasse, 7 cent. ; diamètre de la soucoupe, 135 millim.

211 — Grand plat à bord festonné, orné d'un filet pourpre ; décor en camaïeu pourpre ; au fond, un paysage ; autour, des chenilles et des papillons. — Diam., 395 millim.
(Collection Maze-Sencier.)

212 — Plateau rectangulaire à bord lobé ; décor polychrome : au centre, un chiffre enlacé composé de guirlandes de fleurs et surmonté d'une couronne ; sur les côtés, trois médaillons oblongs contenant des fruits sur fond noir et reliés par des guirlandes de fleurs ; en dessous, la marque de Custine. — Diam., 30 cent.

213 — Plateau oblong quadrilatéral, à angles arrondis et bord doré ; fond jaune imitant le bois, sur lequel se détache une réserve figurant une

feuille de papier collée, et portant, dans un filet doré, un paysage polychrome. — Long., 25 cent.

Exposition du Trocadéro de 1889. — N° du catalogue, 1930.

214 — Plateau quadrilatéral à angles rentrants, décor polychrome ; au
fond, un paysage encadré d'un filet pourpre ; autour, des oiseaux
volant ; bordure étroite de quadrillages. — Long., 305 millim.

215 — Assiette à bord contourné, portant sur le marli des bouquets et
des ornements en relief ; décor polychrome ; au fond, un homme et
femme dansant et un ménétrier jouant de la cornemuse, sur un fond
de paysage. — Diam., 26 cent.

216 — Assiette du même service ; au fond, des joueurs de boule. —
Diam., 26 cent.

217 — Assiette à bord lobé à filet rose ; fond imitant le bois, portant au
centre, peinte en trompe-l'œil, une feuille de papier avec un paysage
en camaïeu rose et la signature : Niderville 1774.—Diam., 245 millim.

Pièce reproduite dans A. Jacquemart (*les Merveilles de la Céramique*).

218 — Assiette à bord lobé et ajouré de quadrillages ; à filets carmins ;
au centre, un paysage en camaïeu rose. En dessous, un P. — Diam.,
23 cent.

219 — Deux assiettes à bord lobé, orné d'un filet rose ; décor de bouquets polychromes. — Diam., 24 cent.

220 — Compotier en forme de coquille ; décor de bouquets polychromes.
— Diam., 23 cent.

221 — Petit saladier godronné, à bord dentelé ; décor de bouquets polychromes. — Diam., 26 cent.

222 — Deux plaques rectangulaires à bord brun ; décor polychrome de
chiffres entrelacés composés de guirlandes de fleurs ; au-dessus, une
draperie relevée par des glands. A la base, la date : 1811, en or. —
Long., 155 millim.

Lunéville.

223 — Deux statuettes formant pendants : Pâris tenant la pomme, et la

213

392

214

Baigneuse, de Falconnet. Terre blanche. — Hauteur du Pâris, 21 cent.; hauteur de la Baigneuse, 22 cent.

224 — Deux statuettes formant pendants : un vieillard assis caressant un chien et une vieille femme endormie accompagnée d'un chat qui joue avec le fil de sa quenouille. Terre blanche de Cyfflé. — Haut., 20 cent.

225 — Deux statuettes formant pendants : Jardinier et Jardinière en terre blanche. En dessous, marque en relief : *Cyfflé à Lunéville.* — Haut., 24 cent.

226 — Assiette à bord festonné orné d'un filet pourpre ; décor polychrome : au fond, un paysage, avec un personnage à jambe de bois ; sur le marli, des fleurettes et un insecte. — Diam., 24 cent.
  (Vente Fétis.)

227 — Assiette à bord festonné ; décor polychrome : au fond, des oiseaux auprès d'un nid, sur terrasse ; sur le marli, oiseau, insectes et papillons. — Diam., 23 cent.

Les Islettes (Meuse).

228 — Jardinière rectangulaire, légèrement évasée, à deux pans coupés et quatre petits pieds courbes ; décor de panneaux peints en grisaille : sur la face, des joueurs de boule dans un paysage ; sur les côtés, des urnes funéraires accompagnées de petits génies ; encadrements de filets dorés. En dessous : *Fabrique de Cit. Bernard, aux Islettes.* — Haut., 11 cent.

229 — Sucrier ovale quadrilobé, à plateau adhérent, à couvercle surmonté d'une poignée formée par un double rinceau à extrémités découpées ; les bords sont ornés d'un double filet pourpre terminé en palmette ; décor polychrome de personnages et arbrisseaux pseudo-chinois sur terrasse ; au pourtour, quatre papillons. — Long., 23 cent.

230 — Sucrier ovale à bord rose lobé, plateau adhérent et couvercle bombé, échancré à une des extrémités et surmonté d'une poignée formée par une branche de feuillage ; décor de bouquets polychromes. — Long., 24 cent.

231 — Grand plat long à poisson ; décor polychrome de paysage avec personnages pseudo-chinois. — Long., 685 millim.

232 — Petit plat à bord festonné orné d'un filet pourpre; décor polychrome: au fond, un hussard à cheval dans un paysage; sur le marli, des
guirlandes de feuillages. — Diam., 28 cent.

233 — Petit plat à bord festonné, orné de hachures pourpres; au fond, un
paysage polychrome encadré d'un filet bleu. — Diam., 31 cent.

234 — Assiette à bord brun lobé; décor polychrome: au fond, un paysage
sur terrasse, avec deux personnages pseudo-chinois, dont l'un, assis,
tend un verre à un autre debout et qui y verse le sang d'un poulet qu'il
tient dans ses mains; sur le marli, trois tiges de fleurs pourpres. —
Diam., 23 cent.

Saint-Clément.

235 — Deux lions couchés émaillés aux couleurs naturelles; sur la terrasse de l'un, dans un cartouche en réserve : *Manûf. de;* sur l'autre :
St-Clément. — Long., 55 cent.

236 — Écuelle à pourtour cylindrique et culot conique déprimé, deux
anses quadrangulaires, couvercle bombé à poignée en arcade, et plateau; décor de guirlandes et filets dorés. — Diamètre de l'écuelle :
13 cent.; diamètre du plateau : 195 millim.

Saint-Amand.

237 — Porte-huilier ovale, à quatre pieds, pourtour ajouré, quatre petites
anses formées par des coquilles et quatre ouvertures supérieures;
décor de rocailles et branches fleuries en violet de manganèse. —
Long., 23 cent.

238 — Plat à bord lobé, décoré en violet de manganèse; au fond, des
arbustes et plantes, et bordure de quadrillages de style chinois; sur le
marli, d'élégants rinceaux fleuris en émail blanc. — Diam., 34 cent.

239 — Assiette à bord lobé, orné d'un filet brun; décor de bouquets
polychromes, dans des encadrements de rocailles, rinceaux et fleurs
en émail blanc. — Diam., 23 cent.

240 — Assiette à bord festonné, décorée de tiges fleuries en vert et
violet de manganèse, encadrée dans des rinceaux en émail blanc.
— Diam., 235 millim.

241 — Assiette émaillée en bleu foncé, et décorée de bouquets en émail blanc rehaussé de jaune. — Diam., 23 cent.

Aprey.

242 — Plat long à bord festonné, orné d'un filet et de hachures pourpres ; décor polychrome ; au fond, des oiseaux ; sur le marli, des tiges fleuries. — Long., 39 cent.

243 — Assiette à bord et marli analogues ; au centre, un bouquet chatironné de noir. — Diam., 25 cent.

244 — Assiette à bord festonné et marli à relief de bouquets et chicorées ; décor polychrome ; au fond, un oiseau perché sur une barrière, dans un paysage sur terrasse. — Diam., 25 cent.

245 — Tasse cylindro-conique, à bords dorés de dents de loup, anse formée par une branche chargée de fruits dorés et couvercle bombé, à bouton formé par un fruit doré ; décor polychrome ; sur la face, médaillon quadrilobé, encadré de rinceaux pourpres et de fleurs, et renfermant un paysage avec oiseaux ; autour, des papillons et des oiseaux. — Haut., 9 cent.

Lyon.

246 — Plat long, à bord festonné ; décor polychrome d'Amours chassant le cerf ; sur le bord, des fruits et des tiges fleuries. — Long., 47 cent.

247 — Assiette à bord festonné, décor polychrome ; au fond, sur terrasse, un personnage pseudo-chinois s'incline devant un buste ; bordure de coquilles, rinceaux et feuillages. — Diam., 25 cent.

248 — Assiette à bord festonné ; décor polychrome de personnages, oiseau et papillon ; sur le haut, des tiges fleuries. — Diam., 25 cent.

249 — Assiette à bord festonné ; décor polychrome : au fond, un paysage avec des personnages en costume du temps de Louis XV, jouant au jeu de bascule ; sur le bord, des tiges fleuries. — Diam., 27 cent.

Marseille.

250 — Urne de forme Médicis à bord renflé et couvercle en dôme surmonté d'un bouquet en ronde bosse ; deux bouquets analogues for-

ment les anses ; décor polychrome : sur chaque face, un médaillon ovale encadré de fleurs, et contenant des paysages ; bordures de rinceaux, guirlandes et rubans. — Haut., 52 cent.

251 — Jardinière de forme cintrée à deux divisions, dont les parois surélevées sont ornées de palmes et coquilles en carmin ; quatre petits pieds correspondant à quatre pilastres ornés de guirlandes en relief et surmontés de pommes de pin ; bordures en saillie de cannelures et de guirlandes laurées ; décor polychrome, consistant en trois panneaux quadrangulaires encadrés d'une moulure rose et jaune et contenant des paysages maritimes très délicatement peints. En dessous, marque à la fleur de lis. — Long., 22 cent.

252 — Légumier en forme de lapin émaillé aux couleurs naturelles, portant sur son dos un petit animal émaillé en blanc et placé sur une terrasse émaillée en vert de cuivre ; grand plateau en forme de feuille de chou, aux couleurs naturelles. En dessous, marque à la fleur de lis. — Longueur du plateau, 38 cent.

253 — Plat long, à bord festonné, décoré d'une grande rosace centrale à quatre divisions, ornée de fonds quadrillés, fleurs et fleurons, en bleu, rouge, jaune et vert ; bordure à compartiments de zigzags, fleurons et rinceaux. — Long., 36 cent.

254 — Assiette à bord festonné et doré, fond bleuté, à décor polychrome rehaussé d'or, de bouquets, nœuds de rubans et insectes. En dessous, la marque de la veuve Perrin. — Diam., 25 cent.

255 — Assiette à bord festonné et doré de légères guirlandes ; décor polychrome de paysage avec personnages. — Diam., 25 cent.

256 — Assiette à bord festonné et marli ajouré ; décor polychrome de bouquets. Marque de la veuve Perrin. — Diam., 25 cent.

257 — Assiette à bord lobé, à filet brun ; décor polychrome : au fond, un paysage traversé par un cours d'eau avec personnages ; sur le marli, quatre groupes de fleurs. — Diam., 25 cent.

258 — Assiette à bord lobé et doré de dents de loup ; au fond, un paysage avec personnages polychromes. — Diam., 25 cent.
 (Collection Maze-Sencier.)

259 — Assiette à bord lobé orné d'un filet pourpre ; décor polychrome de

paysage avec ruines et personnages ; sur le marli, quatre coquilles accompagnées de tiges fleuries. En dessous, la marque de la veuve Perrin. — Diam., 25 cent.

260 — Assiette à bord lobé à filet brun ; décor polychrome de bouquets. — Diam., 25 cent.

261 — Assiette à large bordure fond bleu décoré, en réserve, de fleurons et rinceaux rehaussés de rouge et de jaune, et portant quatre médaillons lobés contenant des fleurs tracées en rouge à feuillages verts ; au centre, une rosace. — Diam., 24 cent.

Le musée de Sèvres possède une assiette à décor analogue signée Leroy aîné.

262 — Assiette à bord lobé orné d'un filet rouge ; décor polychrome, rehaussé d'or, de tiges fleuries au milieu desquelles se dresse un palmier. En dessous, la marque de la veuve Perrin. — Diam., 25 cent.

263 — Compotier à bord lobé à filet jaune ; décor polychrome : au fond un paysage traversé par un cours d'eau avec personnages, dans un médaillon encadré de feuillages légers ; au bord, deux groupes de fleurs accompagnés d'attributs. — Diam., 22 cent.

264 — Compotier à bord festonné, fond jaune décoré de bouquets polychromes. — Diam., 21 cent.

265 — Petite assiette à large marli, décorée en bleu et violet de manganèse : au fond, un écu armorié, avec deux lions pour supports et timbré d'un casque à lambrequins feuillagés ; sur le marli, quatre médaillons de fleurs, séparés par des rinceaux. Fabrique de Saint-Jean-du-Désert. — Diam., 22 cent.

Moustiers.

266 — Pot à eau couvert et sa cuvette ovale à bord côtelé ; décor polychrome de médaillons, guirlandes et fleurs semées ; sur le pot à eau, une divinité marine sur un char traîné par des dauphins et accompagnée d'un triton ; sur le couvercle, un amour ; au fond de la cuvette, le Jugement de Pâris. — Hauteur du pot à eau, 23 cent. ; longueur de la cuvette, 37 cent.

Exposition du Trocadéro de 1889, n° 1910 du catalogue.

267 — Moutardier doliiforme à anse contournée et couvercle rapporté
monté sur une charnière d'argent : décor polychrome : au pourtour,
trois médaillons encadrés de guirlandes suspendus à des rubans bleus
et contenant des figures de divinités : Jupiter, Diane et Cérès. —
Haut., 8 cent.

268 — Saucière oblongue à extrémités formant déversoir et deux anses
latérales, décorée en bleu, vert et jaune, de figures grotesques et de
branchages fleuris. — Long., 23 cent.

269 — Plat long à bord festonné, portant trois médaillons polychromes
contenant des emblèmes maçonniques entourés de l'inscription : *Loge
de la triple Harmonie de l'Orient de Bezier.* Légère bordure de
rinceaux bleus. — Long., 39 cent.

270 — Plat à bord festonné et godronné ; décor en vert dessiné, en violet
de manganèse, de personnages et animaux fantastiques ; sur le bord,
des tiges fleuries. En dessous, la marque d'Olery. — Diam.,
325 millim.

271 — Compotier à bord festonné et décor polychrome : au fond, un médaillon encadré de rinceaux fleuris et contenant Neptune debout sur
un dauphin ; au bord, des guirlandes. - Diam., 24 cent.

272 — Assiette à bord lobé et décor polychrome : au fond, un médaillon
encadré de rinceaux fleuris et contenant un fleuve couché, accoudé
sur une urne ; bordure de guirlandes. — Diam., 25 cent.

273 — Assiette hexagone à bord lobé et godronné ; décor bleu rehaussé
de vert, jaune et violet de manganèse ; au fond, un grand médaillon
contenant un paysage avec personnages ; bordure de légers rinceaux
et ornements. — Diam., 25 cent.
(Collection Davillier.)

274 — Assiette à bord lobé portant, au fond, un médaillon polychrome
encadré de rocailles et contenant un paysage où l'on voit un centaure
chassant le tigre ; bordure de guirlandes en jaune. — Diam., 25 cent.

275 — Assiette à bord lobé ; décor polychrome : au centre, un médaillon
encadré de rinceaux fleuris et contenant un Neptune assis sur un char

attelé de dauphins ; autour, des guirlandes alternant avec des pendentifs de fleurs ornementales. — Diam., 24 cent.

276 — Assiette à bord festonné, décorée, en violet de manganèse, de personnages grotesques sur terrasse et de tiges fleuries. Marque d'Olery. — Diam., 25 cent.

277 — Assiette décorée en bleu ; au fond, un médaillon contenant un sujet de chasse à l'autruche, dans le genre de Tempesta ; légères bordures de rinceaux fleuronnés. — Diam., 235 millim.

278 — Assiette à bord festonné ; décor polychrome de guirlandes et pendentifs encadrant des médaillons de paysages avec personnages chinois. — Diam., 25 cent.

279 — Assiette à bord festonné ; au fond, un paysage avec cavaliers, en camaïeu jaune, à encadrement de rinceaux et fleurons polychromes ; bordure de fleurettes et rinceaux fleuronnés. — Diam., 26 cent.

280 — Bassin oblong à bord festonné, décor bleu, dans le style de Bérain ; au fond, au centre d'un motif ornemental, à cariatides, chimères, grotesques, etc. ; un cartouche armorié timbré d'un casque à lambrequin ; étroite bordure de fleurons. — Long., 44 cent.

281 — Petit bassin oblong à bord festonné ; décor bleu, dans le style de Bérain ; au fond, un cartouche armorié supporté par deux lions et surmonté d'une couronne de comte occupant le centre d'un motif ornemental, avec oiseaux, draperies, etc. ; étroite bordure de fleurons. — Long., 30 cent.

282 — Soucoupe à décor polychrome ; au centre, un médaillon encadré de rinceaux fleuris et contenant un sujet mythologique : Apollon vainqueur du dragon ; autour, bordure de guirlandes et de pendentifs fleuronnés. — Diam., 14 cent.

FABRIQUES DIVERSES

283 — Buire ovoïde à piédouche, anse quadrangulaire, déversoir à bec et faux couvercle adhérent avec charnière simulée ; terre brune décorée de médaillons, fleurons et palmettes jaspée de jaune pâle et de vert. Avignon. — Haut., 22 cent.

284 — Gourde de chasse orbiculaire à deux attaches et petit goulot tubulaire ; couverte brun foncé ; sur la face, une fleur de lis formée par des filets saillants. Avignon. — Haut., 12 cent.

285 — Petite corbeille ovale, à pourtour bombé et ajouré de quadrillages, dont les points d'intersection sont occupés par des fleurs en relief en bleu et violet de manganèse, à feuillages verts : à chaque extrémité, une anse formée par une tige portant une grosse fleur violette ; au fond, un bouquet. Montpellier. — Long., 21 cent.

286 — Petit cache-pot bursaire, à piédouche et bord lobés et deux anses formées par des poires accompagnées de feuilles ; décor de bouquets polychromes. Varages. — Haut., 12 cent.

287 — Boîte à éponge de forme cylindrique à parois ajourées et couvercle bombé, également ajouré, et anse supérieure formée par une branche chargée de fruits ; décor en vert de cuivre et carmin ; au pourtour, six médaillons contenant alternativement des personnages chinois et des fleurs. Varages. — Hauteur totale, 16 cent.

288 — Assiette à bord festonné, décor polychrome ; au fond, sur terrasse, un ours attaqué par deux chiens ; sur le marli, des tiges fleuries. Varages. — Diam., 26 cent.

289 — Plat long à bord festonné ; décor polychrome ; au fond, un paysage avec deux personnages en costume Louis XV : un jeune homme étendu aux pieds d'une jeune femme assise ; bordure de rocailles accompagnant quatre médaillons de paysages en camaïeu jaune. Varages. — Long., 52 cent.

290 — Assiette à décor polychrome ; au fond, un motif ornemental, dans le goût de Bérain, avec amours, jets d'eau, guirlandes, etc. ; bordure de rinceaux et fleurons. Ardus. — Diam., 23 cent.

291 — Assiette décorée en bleu dans le style de Bérain ; au centre, un chiffre enlacé surmonté d'une couronne de marquis entre deux figures tenant des miroirs et accompagnées de dauphins, placées sur des soubassements, se reliant par des rinceaux au reste de la décoration, formant une sorte d'arcade terminée par un mascaron accosté de deux enfants ; bordure de lambrequins formés par de légers rinceaux. Ardus. — Diam., 235 millim.

292 — Boîte à épices oblongue, octogone, à piédouche, corps renflé et couvercle légèrement bombé surmonté d'un bouton ; décor bleu de lambrequins composés de rinceaux et fleurons ; bordure de zigzags ; à l'intérieur, deux compartiments. Ardus. — Long., 10 cent.

293 — Plat ovale décoré en bleu d'oiseaux, papillons et animaux divers. Roannes. — Long., 50 cent.

294 — Assiette à bord festonné et godronné ; décor bleu : au fond, une rosace ; bordure de rinceaux et fleurons. Midi. — Diam., 25 cent.

295 — Assiette à décor polychrome de style rouennais ; au centre, un panier fleuri, sur le marli, bordure de fleurs et fleurons. Midi. — Diam., 24 cent.

296 — Pot à surprise à piédouche, corps ovoïde, col ajouré à la partie supérieure et bordé d'un bourrelet portant un déversoir formé par une tête chimérique et se reliant à l'anse par un oiseau en ronde bosse ; décor bleu avec parties réservées occupées par des fleurs polychromes. Midi. — Haut., 22 cent.
Collection Lafaulotte.)

297 — Plat ovale à bord festonné et marli ajouré de quadrillages rehaussés de carmin ; au centre, une rose. En dessous, la marque de Joseph Hannong. Strasbourg. — Long., 33 cent.
Reproduit dans A. Tainturier, *Recherches sur les anciennes manufactures d'Alsace et de Lorraine.*

298 — Assiette à bord brun lobé ; décor de bouquets polychromes. En dessous, le monogramme de Joseph Hannong. Strasbourg. — Diam., 25 cent.

299 — Boîte à épices oblongue, à trois compartiments intérieurs, et contours en saillie simulant un roc ; le couvercle porte un personnage en ronde bosse, couché et tenant d'une main une bouteille. Faïence émaillée en blanc jaunâtre. Douai. — Long., 14 cent.

300 — Paire de petites urnes ovoïdes à couvercle bombé surmonté d'un bouton en forme de gland ; deux anses formées par des têtes de béliers dorées, piédouche et base quadrangulaire ; fond émaillé vert d'eau et décor en relief de guirlandes, draperies et feuilles d'acanthe en

blanc et or, rappelant les œuvres de Wedgwood. Douai. — Haut.,
15 cent.

301 — Assiette à bord lobé décorée en camaïeu violet de personnage et
pagode chinois sur terrasse. Marque $\frac{N. P}{2}$. Saint-Omer. — Diam.,
24 cent.
(Collection Fétis.)

302 — Assiette à décor polychrome : un arbuste à grosses fleurs et portant un oiseau; bordure de quadrillages. Desvres. — Diam., 23 cent.

303 — Assiette à décor analogue, sans bordure. Desvres. — Diam.,
23 cent.

304 — Bouteille à corps sphérique et col cylindrique portant un renflement autour de l'ouverture; fond gros bleu décoré en réserve de rinceaux et fleurons rehaussés de jaune; sur chaque face, un grand
médaillon quadrilobé contenant, d'un côté, un trophée d'instruments
géométriques; de l'autre, un panier fleuri accompagné de deux cornes
d'abondance polychromes; sur le col, des tiges fleuries; sur le renflement, fond bleu à médaillons en réserve. Paris. — Haut., 27 cent.

305 — Assiette à décor polychrome; au fond, un trophée d'attributs de
navigation, avec l'inscription : *Jean-Louis Blondel*, et la date *1732*;
bordure de rinceaux et fleurons. Paris. — Diam., 23 cent.

306 — Saladier hémisphérique décoré en bleu et jaune; bordure de lambrequins de style rouennais; au fond, des cavaliers dans un paysage;
au dessous, l'inscription : *Monsieur Le Roux, 1725*. Saint-Cloud. —
Diam., 32 cent.

307 — Saladier hémisphérique décoré en bleu et rouge; au fond, saint
Nicolas sur une terrasse bordée d'une balustrade; autour, bordure à
six compartiments encadrés de fleurons et rinceaux de style rouennais avec le chiffre N. B. Saint-Cloud. — Diam., 31 cent.

308 — Plat décoré en bleu, violet de manganèse et jaune verdâtre : au
fond, des buveurs; au-dessous, l'inscription : *Tombeur D^r*; bordure
de quadrillages et draperies; le revers, vernissé en brun, porte en
creux : S. PAUL. Saint-Paul (Oise). — Diam., 36 cent.

309 — Pot sphéroïdal à anse et bord évasé à déversoir; décor en bleu,

vert et jaune de fleurs ornementales ; autour de l'ouverture, l'inscription : *Je suis-a-Foise Brodin F^me Papilion. Fait le 26 Avril 1809.* — Haut., 10 cent.

Cette pièce est figurée dans l'ouvrage de M. G. Despierres : *Histoire de la faïence de Saint-Denis-sur-Sarthon.*

310 — Paire de petits vases Médicis à deux anses formées par des têtes de bélier ; en terre marbrée de blanc et violet de manganèse ; en dessous, gravée en creux, l'inscription : Asselineau - Grammont - Orléans. — Haut., 145 millim.

311 — Figurine représentant sainte Anne assise et tenant ouvert sur ses genoux un livre dans lequel elle fait lire la sainte Vierge, enfant, debout auprès d'elle ; elle est coiffée d'un long voile recouvrant la robe en partie, orné d'une large bordure rinceaux en jaune et violet de manganèse et doublée de stries bleues. Sur la base : *Ste Anne. Rennes.* — Haut., 26 cent.

312 — Figurine représentant le Christ assis, couronné d'épines, les mains liées et tenant le roseau ; il porte un long manteau teinté en violet de manganèse. Sur la base : *Ecce Homo. Rennes.* — Haut., 29 cent.

313 — Écuelle hémisphérique à oreilles et couvercle bombé, à partie supérieure plane portant une branche avec feuilles et fruits formant poignée ; décor polychrome de guirlandes de style méridional ; au fond, sainte Anne assise et faisant lire la sainte Vierge, enfant, dans un livre placé sur ses genoux, avec l'inscription, d'un côté : *Marie Anne*, et, de l'autre : *Richardeau. Rennes.* — Diam., 16 millim.

314 — Assiette à bord bleu ; décor polychrome de personnages pseudo-chinois placés sur un cul-de-lampe de rocailles ; bordure de filets et rinceaux en arcades. Rennes. — Diam., 23 cent.

315 — Assiette à bord festonné décorée en bleu, vert, jaune et violet de manganèse de fleurs de style rouennais. Rennes. — Diam., 25 cent.

316 — Assiette à bord festonné, à décor pseudo-chinois de paysage avec personnage tenant un parasol, cerf courant, dragon, fabriques, etc., en bleu, vert, jaune et violet de manganès. Rennes. — Diam., 24 cent.

317 — Fontaine d'applique rectangulaire, à couvercle formant fronton, accompagné de clochetons, décor architectural de style gothique, avec

personnages placés dans des niches ogivales, et bassin pentagonal. Couverte fond jaune pâle, marbrée de violet de manganèse, de jaune d'ocre et de vert. Ligron. — Hauteur totale de la fontaine : 45 cent.; longueur du bassin, 37 cent.

318 — Pot à surprise, ovoïde, à piédouche, anse et goulot à ouverture formée par une tête chimérique ; à la partie supérieure, un buste d'homme coiffé d'une perruque et d'un tricorne et tenant des deux mains un livre ouvert; sur la panse, des fleurs en relief. Terre brune vernissée. Ligron. — Haut., 20 cent.

319 — Chauffe-mains en forme de livre, à reliure brune ornée de rosaces gravées, et tranche jaune. Ligron. — Long., 15 cent.

320 — Flacon orbiculaire, à petit goulot cylindrique; sur chaque face, un personnage ; d'un côté, un jeune homme attablé; de l'autre, un jeune homme assis dormant; encadrement de filets bleus. Nantes. — Diam., 75 cent.

321 — Gargoulette à corps turbiné, col évasé, à anse courbe, goulot tubulaire; sur l'épaulement et anse supérieure trilobée; sur le goulot et aux points d'attache des anses, des mascarons barbus en relief; sur la face, un écu armorié, timbré d'un casque à lambrequins et entouré, à la base, de deux branches de laurier, en bleu et jaune, dessinés en violet de manganèse et rehaussés de vert sur l'écu (armes de Rouen). Le Croisic. — Haut., 34 cent.

322 — Plat ovale à chute godronné; décor polychrome; au fond, un guerrier à cheval ; sur le marli, bordure de rinceaux fleuris. Le Croisic. — Long., 46 cent.

323 — Petit plat ovale, à décor bleu et jaune, dessiné en violet de manganèse; au fond, en bas-relief, une figure de l'*Abondance*, d'après Palissy; sur le marli étroit, bordure de fleurs et rinceaux disposés de chaque côté d'un filet médian. Le Croisic. — Long., 30 cent.
(Fabrique d'Horacio Bornolia.)

324 — Petite coupe évasée, à bord dentelé, de forme et décor de style italien, en bleu, rouge et jaune; au fond, un amour; autour, des fleurons. Le Croisic. — Diam., 19 cent.

325 — Assiette plate à large marli, décoré en couleurs, au centre, d'un

cartouche, contenant un écu armorié et surmonté d'un casque accompagné de lambrequins. Le Croisic. — Diam., 24 cent.

326 — Tasse cylindrique à anse et soucoupe à décor polychrome de branchages avec feuillages et fleurs ornementales. La Rochelle. — Hauteur de la tasse : 6 cent.; diamètre de la soucoupe, 13 cent.

327 — Assiette à bord festonné; décor polychrome; au fond, saint Mathieu et l'ange, avec l'inscription : *Mathieu Godfrois 1763*; sur le marli, des tiges fleuries. La Rochelle. — Diam., 25 cent.

328 — Plat creux à décor polychrome; au fond, un cartouche armorié supporté par deux lions et surmonté d'une couronne de marquis sur un cul-de-lampe orné de guirlandes; de chaque côté, des figures sur des nuages : la Foi et la Justice; au-dessus, une Renommée; au bord, des cornes d'abondance, des rinceaux et des guirlandes. Bordeaux. — Diam., 34 cent.

329 — Assiette à décor polychrome : au centre, un grand papillon; bordure jaune d'ocre, à rehauts de bleu, de quadrillages interrompus par quatre réserves de rinceaux fleuris. Bordeaux. — Diam., 24 cent.

330 — Assiette à décor polychrome : médaillon central contenant une torche et un carquois en sautoir, et se détachant sur un fond de quadrillages; bordure quadrillée à six réserves d'oiseaux. Bordeaux. — Diam., 23 cent.

331 — Assiette à décor polychrome; au centre, un cartouche, aux armes du président Molé, surmonté d'une couronne de marquis; bordure fond bleu, décorée en réserve de branches fleuries et de six médaillons oblongs contenant des fleurettes ornementales. Bordeaux. — Diam., 235 millim.
Exposition du Trocadéro. — N° 1927 du catalogue.

332 — Plat long à contours festonnés; décor polychrome pseudo-chinois; personnages grotesques placés sur un cul-de-lampe de rocailles, au milieu de tiges fleuries. Samadet. — Long., 34 cent.

333 — Petit plat à bord festonné; décor polychrome : des amours dans un paysage avec ruines; sur le bord, quatre coquilles d'où s'échappent des tiges fleuries. Samadet. — Diam., 305 millim.

334 — Quatre assiettes à bord dentelé ; décor polychrome : au fond, des femmes coiffées de chapeaux à cocarde et portant des costumes uniformes, accompagnées d'attributs guerriers, canon, drapeau, tambour et fusils, du temps de la Révolution ; bordures de guirlandes. Samadet. — Diam., 24 cent.

335 — Petit soulier décoré de bouquets en bleu, vert, jaune et violet de manganèse. Marqué Coralie sur un de ses côtés. Samadet. — Long., 135 millim.

336 — Grand plat à bord relevé et décor plein polychrome, de paysages à personnages grotesques sur terrasses. Fabrique indéterminée. — Diam., 50 cent.

337 — Pièce de surtout à quatre pieds et bord mouluré, de forme contournée rappelant celle d'une fleur de lis ; décorée en violet de manganèse de tiges fleuries et d'oiseaux. Fabrique indéterminée. — Larg., 33 cent.

338 — Un enfant assis sur un dauphin nageant sur les flots. Suite de Palissy. — Long., 14 cent.

339 — Coupe ovale à piédouche et bord évasé, godronné et dentelé ; au fond, *le Baptême du Christ* ; revers jaspé. Suite de Palissy. — Long., 28 cent.

340 — Coupe évasée à bord découpé, ornée, en relief, de mascarons symétriques entourés de draperies ; au centre, une rosace ; revers jaspé. Suite de Palissy. — Diam., 26 cent.

FAIENCES ÉTRANGÈRES

Italie.

341 — Petit plat à décor plein : Argus aux cent yeux gardant les vaches ; dans le ciel, un écu suspendu portant les armes des Montmorency. En dessous, une inscription indiquant le sujet et la provenance de l'atelier de *Guido Durantino* à *Urbino*. — Diam., 26 cent.

342 — Petit plat creux à large marli, à décor gravé de rinceaux à grande

331

365

334

feuilles d'un ton jaunâtre se détachant sur un fond ocre ; au fond, un écu armorié en couleurs. La Frata. — Diam., 24 cent.

343 — Coupe côtelée et godronnée à piédouche et ombilic central, décoré de deux amours dans un paysage ; autour, des rinceaux fleuris jaunes sur fond gros bleu ; bordure, sur fond jaune d'ocre, de têtes de chérubins, et rinceaux terminés par des têtes de dauphins. Faënza. — Diam., 25 cent.

344 — Petite boîte ovale, côtelée, à couvercle bombé surmonté d'un bouton ; décor polychrome de bouquets ; bordures vertes quadrillées de noir. — Long., 10 cent.

345 — Buire de forme bursaire à piédouche et anse plate quadrangulaire ; décor bleu et jaune à reflets métalliques : sur la face, un saint en costume ecclésiastique en adoration devant la croix. Pesaro. — Haut., 21 cent.

346 — Plat à décor polychrome ; au fond, un jeune homme, appuyé de la main droite sur une lance, et, de l'autre, sur un bouclier armorié ; bordure de fleurons encadrés de rinceaux. Pesaro. — Diam., 385 millim.

347 — Petit plateau à large marli, décoré de rinceaux fleuris, en bleu et jaune à reflets métalliques. Deruta. — Diam., 21 cent.

348 — Deux grands vases de pharmacie, à corps ovoïde, pied élargi et col cylindrique ; décor polychrome de médaillons quadrangulaires alternant avec des bandes de trois médaillons circulaires superposés, fonds jaune d'ocre, contenant des ornements modelés en bleu pâle et se détachant sur des fonds alternés bleus et verts ornés de branchages jaunes ; sur la face, un médaillon, contenant une tête de femme ; au-dessous, un listel portant une inscription. Castel-Durante. — Haut., 35 cent.

349 — Grand plat représentant un roi sur son trône et entouré de ses femmes ; bordure de rinceaux fleuris parmi lesquels se jouent des enfants. Castelli. — Diam., 42 cent.

350 — Petit plat décoré au fond d'une scène de vendanges ; sur le marli, bordure de rinceaux chargés de grenades et de grappes de raisin. Castelli. — Diam., 275 millim.

351 — Petite assiette à décor polychrome rehaussé d'or; au centre, une chasse aux oiseaux; sur le marli, des fleurs blanches symétriques se détachant sur un fond bleu. Castelli. — Diam., 165 millim.

352 — Plaque quadrangulaire polychrome : une jeune femme, qui vient de se percer d'une épée, tombe dans les bras d'une suivante; à ses pieds une femme en pleurs; près d'elle, un génie ailé debout. Encadrement en bois noir. Castelli. — Longueur totale, 41 cent.

353 — Soucoupe à décor plein polychrome : un homme, une femme et un enfant, dans un paysage avec arbres et fontaine. Castelli. — Diam., 14 cent.

354 — Aiguière à corps ovoïde à deux renflements, à piédouche, anse surélevée et col à ouverture contournée à déversoir; décor bleu plein; un paysage avec deux enfants à cheval accostant un cartouche armorié placé sur la face. Savone. — Haut., 29 cent.

355 — Aquamanile de forme oblongue, à piédouche, déversoir orné d'un mascaron et anse supérieure en S, décor bleu; sur les côtés, des amours. En dessous, les armes de Savone. Savone. — Long., 27 cent.

356 — Deux assiettes à bord festonné orné d'un filet brun; décor plein polychrome de paysage avec un personnage en costume oriental. Marquée : Milano. Milan. — Diam., 23 cent.

357 — Assiette à décor polychrome de pivoines, fleurs de pêcher, etc., reproduisant une assiette de porcelaine de Chine, de la famille rose. Marquée : Milano. Milan. — Diam., 23 cent.

358 — Plat à décor polychrome de tons pâles : le Christ en croix, se détachant sur un fond de ciel et de paysage avec monuments, dans un encadrement en grisaille, contourné avec volutes et feuilles d'acanthe. Marque : une croix de Malte surmontée d'une couronne et entourée de deux palmes entrecroisées; en dessous, le chiffre : A F. Venise. — Diam., 35 cent.

359 — Plat long à bord festonné, décoré sur le bord d'amours, cornes d'abondance, coquilles, etc., en relief; au fond, des amours entourant un bouc; le tout en bleu sur fond violet de manganèse. Venise. — Long., 34 cent.

(Vente Lafaulotte.)

366

367

348

348

360 — Petite assiette à bord festonné, gaufré de hachures et doré, décor polychrome ; au centre, un écu armorié, soutenu par deux lions et timbré d'un casque couronné, dans un encadrement de feuillages et fleurs ; autour, de légères tiges fleuries jetées ; sur le marli, deux vases et deux roses alternant. Venise. — Diam., 21 cent.
(Collection Delaherche.)

361 — Chauffe-mains à corps ovoïde, piédouche et anse supérieure en arcade ; terre brune décorée en relief de rinceaux et feuilles teintées en jaune pâle et vert. — Haut., 28 cent.

362 — Plaque quadrangulaire décorée en relief : *l'Adoration des bergers*. Haut., 18 cent.
(Collection Maze-Sencier.)

Espagne.

363 — Oiseau, la tête relevée, posé sur une branche chargée de fruits et de feuilles ; le tout placé sur un soubassement oblong à bords contournés et décoré de rocailles et fleurs en bleu et jaune. Alcora. — Long., 22 cent.

364 — Lézard courant, la queue repliée et la tête relevée, émaillé en violet de manganèse et jaune ; il est posé sur une terrasse ovale. Alcora. — Long., 195 millim.

365 — Plaque décorative polychrome, quadrangulaire en hauteur, bordée d'une moulure saillante formant encadrement, couronnée d'un fronton terminé par une tête de chérubin, et soutenue par un cul-de-lampe orné de volutes et fleurons ; au centre, le Christ, la Vierge et d'autres personnages sacrés ; au-dessus de lui, le Père Éternel dans un nuage d'où s'échappent des rayons au milieu de têtes de chérubins. Alcora. — Haut., 54 cent.
Cette pièce est figurée dans *la Faïence*, par Th. Deck.

366 — Plaque oblongue octogone, à bord saillant formant encadrement, fronton à bord festonné et portant un mascaron et une coquille en relief et deux attaches placées à la base ; décor polychrome finement peint : *Saint Paul sur le chemin de Damas*. Alcora. — Long., 27 cent.

367 — Plaque de mêmes forme et encadrement : sujet mythologique ;
une nymphe assise, tenant une fleur de la main gauche et entourée
d'amours ; l'un d'eux lui présente une corbeille de fleurs. En dessous,
marque : M. L. Alcora. — Long., 27 cent.

368 — Assiette à décor polychrome. Au fond, saint Jean, accompagné
d'un ange, considère une enceinte contenant des tombes ; de la main
gauche, il tient un livre ouvert portant : Apocalipsis ; des inscriptions
latines complètent la composition ; bordure de légères guirlandes
avec pendentifs en bleu rehaussé de jaune. Alcora. — Diam., 22 cent.

369 — Grand vase à corps ovoïde et col évasé relié à la panse par deux
anses formées par des figures se terminant en feuillages verts et
jaunes ; décor polychrome ; sur les faces, d'un côté, deux hommes
dont l'un porte un drapeau ; de l'autre, deux chevaux ; fond de paysage
se rattachant à des branchages fleuris ; bordures de grands rinceaux
feuillus. Talavera. — Haut., 42 cent.

370 — Plat décoré en plein en bleu et jaune d'ocre ; au fond, une tête
casquée entourée de tiges fleuries. Puente del Arzobispo. — Diam.,
32 cent.
    (Vente Jaurès.)

371 — Plat à ombilic central godronné en spirale, décor brun à reflets
métalliques et bleu ; autour de l'ombilic, des rinceaux à grandes
feuilles ; sur le marli, quatre feuilles d'acanthe se détachant sur un
fond quadrillé. Hispano-arabe. — Diam., 39 cent.

372 — Plat décoré, en brun jaunâtre à reflets métalliques, d'un taureau
sur le dos duquel est perchée une cigogne parmi de légers rinceaux
fleuris ; sur le marli, des ornements rappelant la fleur de lis. Hispano-
arabe. — Diam., 41 cent.

373 — Petite assiette décorée en bleu et rouge à reflets métalliques ; au
centre, une fleur ornementale dans un encadrement lobé. Hispano-
arabe. — Diam., 185 millim.
    (Collection Lafaulotte.)

374 — Petit plat à quatre compartiments symétriques contenant alternativement des bouquets à grandes feuilles et quadrillages à bouquets
et zigzags alternés ; décor brun à reflets métalliques. Hispano-arabe.
— Diam., 23 cent.

375 — Petit plat à bordure d'entrelacs et décor de rosaces et feuillages coupé par une bande transversale à divisions symétriques. Décor rougeâtre à reflets métalliques. Hispano-arabe. — Diam., 235 millim.

376 — Salière à base triangulaire à côtés échancrés, portant trois chiens assis, sur lesquels repose un récipient hémisphérique; décor à reflets cuivreux. Manisès. — Haut., 75 millim.
(Collection F^ie Fétis.)

Orient.

377 — Carreau de revêtement en forme d'étoile à huit dents; bordure d'inscriptions en brun sur fond blanc; au centre, deux personnages nimbés assis, se détachant sur un fond brun orné de rinceaux et points en réserve. Perse. — Diam., 205 millim.

378 — Carreau de revêtement de même forme, à bordure analogue, décoré de palmettes et rosaces disposées dans des compartiments symétriques. Perse. — Diam., 205 millim.

379 — Vase sphéroïdal à goulot renflé et ouverture cylindrique, décoré en bleu et violet de manganèse d'un paysage avec des personnages et des oiseaux. Perse. — Haut., 145 millim.

380 — Aspersoir piriforme à goulot cylindro-conique renflé à la base; décor polychrome divisé en bandes perpendiculaires à fonds partiels imbriqués et cyprès à fruits rouges. Kutaïa. — Haut., 20 cent.

381 — Plat creux à marli, décor polychrome; au fond, une rosace entourée par des tiges de roses et de tulipes; bordure vermicellée noire et bleue. Rhodes. — Diam., 30 cent.

382 — Plat creux à décor polychrome de tulipes, roses, etc., encadrées d'une étroite bordure à demi-rosaces. Rhodes. — Diam., 29 cent.
(Collection Davillier.)

Delft.

383 — Deux figurines de personnages chinois enveloppés dans de longues robes à ramages de fleurs bleues à rehauts jaunes. — Haut., 28 cent.

384 — Groupe de deux personnages : un jeune homme et une jeune femme debout et se tenant par la main ; décor polychrome ; en dessous, l'inscription : *De twe verliefte* (les deux amoureux) et la marque : G. D. G. 1781. — Haut., 21 cent.

385 — Grande potiche turbinée, à ouverture évasée et couvercle bombé surmonté d'un bouton sphérique ; décor bleu, de style chinois ; sur la panse, trois grands médaillons réservés en forme de feuille, contenant des fleurs et se détachant sur un fond caillouté, à réserves de fleurs ornementales ; en dessous, la marque de la fabrique de Pieter Gerriz Kam. — Haut., 47 cent.

386 — Paire de potiches turbinées, à pied élargi et ouverture cylindrique ; fond émaillé bleu, semé de fleurs jaunes à feuillages verts. — Haut., 23 cent.

387 — Paire de bouteilles ovoïdes côtelées, à col cylindrique et ouverture évasée ; décor polychrome, de style chinois ; sur la panse, des bouquets et oiseaux ; sur l'épaulement, riche ceinture de lambrequins. Marque A. P. K. — Haut., 28 cent.

388 — Petite potiche turbinée, à pied élargi et ouverture cylindrique ; décor bleu dessiné en violet de manganèse ; la panse est divisée en six compartiments en arcade ogivale contenant alternativement un personnage pseudo-chinois et des fleurs. — Haut., 20 cent.

389 — Deux cornets à pied élargi et ouverture évasée ; décor bleu dessiné en violet de manganèse de médaillons contenant des personnages et des animaux, et se détachant sur un fond de rinceaux et grandes fleurs. — Haut., 24 cent.

390 — Buire ovoïde à col cylindrique s'élargissant en déversoir, à anse et goulot tubulaire courbe, rattaché au col par un rinceau, fond gros bleu décoré de fleurs en blanc, à l'imitation de Nevers. — Haut., 16 cent.

391 — Petite cafetière ovoïde à col cylindrique, anse et déversoir ; décor polychrome rehaussé d'or, de style chinois. En dessous, la marque d'Adrian Pinacker. — Haut., 11 cent.

392 — Corbeille ovale, à bord évasé, festonné et ajouré, à décor polychrome, rehaussé d'or ; au fond, un paysage avec cours d'eau ; riche

bordure intérieure et extérieure de style oriental. Fabrique de Si non Mes. — Long., 29 cent.

393 — Fromagère ovale, à bord festonné et deux anses en poignée formées par des dauphins; au centre, une partie ajourée: décor bleu de paysages avec personnages et animaux. — Long., 28 cent.

394 — Beurrier en forme de baquet cylindrique, à couvercle plat, surmonté d'un bouton doré formé par une palmette; autour de l'ouverture et à la base, bordures en relief formées d'une double baguette enroulée d'une guirlande; décor polychrome de paysages finement peints et à nombreux personnages. — Diam., 115 millim.

395 — Porte-pipe en forme de petit traineau, à décor polychrome, rehaussé d'or, de médaillons à personnages, accompagnés de tiges fleuries de style oriental. — Long., 13 cent.

396 — Porte-perruque en forme de boule octogonale, élevée sur piédouche; fond gros bleu, décoré de tiges fleuries en émail blanc. — Haut., 22 cent.

397 — Petit porte-perruque, à boule polygonale, à facettes et pied en balustre; décor bleu de bouquets et de style chinois. En dessous : 20 AK 3. — Haut., 30 cent.

398 — Tirelire composée de deux boules superposées et élevées sur piédouche; décor polychrome de style pseudo-chinois; sur la boule principale, médaillon encadré de fleurs et contenant, en bleu, un paysage avec un personnage couché. — Haut., 30 cent.

399 — Paire de mules à extrémités pointues et relevées; décor de fleurs polychromes sur fond noir; les talons sont émaillés en jaune. — Long., 14 cent.

400 — Paire de mules à extrémités pointues et relevées; décor de fleurs polychromes sur fond jaune ponctué de vert. — Long., 13 cent.

401 — Petite coupe à bord dentelé et godronné; décor polychrome : fond violet de manganèse portant une rosace à six dents; bordure à compartiments quadrillés alternant avec des médaillons de fleurs : elle est supportée par trois petits pieds en boule. — Diam., 12 cent.

402 — Plaque décorative oblongue, à bord festonné formant encadrement;

décor polychrome pseudo-chinois de personnages et arbustes fleuris, portant des oiseaux. — Diam., 33 cent.

403 — Plaque oblongue à attache supérieure et bord contourné en saillie formant encadrement; décor polychrome, de style chinois, d'oiseaux perchés sur des tiges de bambous et de pêcher en fleurs, au-dessus d'une haie. — Larg., 25 cent.

404 — Plaque de même forme, à décor polychrome de personnages pseudo-chinois voguant dans une barque et prenant un repas. — Long.. 25 cent.

405 — Plaque décorative quadrangulaire à bord en saillie et attache supérieure, teintés en violet de manganèse formant encadrement; au centre, se détachant sur un fond violet décoré de fleurs polychromes en réserve, un médaillon ovale, décoré en bleu d'un paysage maritime; au premier plan, un berger et une bergère. — Haut., 19 cent.

406 — Grand plat à décor polychrome de fleur reproduisant une pièce en porcelaine de Chine de la famille verte. Fabrique de la Rose-Arendt Consijn. — Diam., 39 cent.

407 — Plat à riche bordure fond rouge, de fleurs polychromes et médaillons contenant des paysages en bleu, encadrant le sujet central : le Christ au bord de la mer avec deux personnages, en camaïeu bleu. — Diam., 35 cent.

408 — Plat décoré en bleu ; au fond, une fontaine jaillissante dans un médaillon, se détachant sur un fond bleu portant en réserve des amours se jouant parmi des fleurs; sur le marli, bordure de lambrequins. Daté 1727. — Diam., 31 cent.

409 — Plat à décor polychrome; au fond, un paysage avec personnages: bordure de fonds partiels quadrillés alternant avec des fleurs. — Diam., 30 cent.

410 — Plat décoré de fleurs polychromes sur un fond violet de manganèse et portant, au fond et sur le marli, des portraits de princes et de princesses de la famille d'Orange avec des inscriptions. — Diam., 34 cent.

411 — Assiette à décor plein, polychrome et or, de style chinois. Marque de la fabrique de Reygens. — Diam., 23 cent.

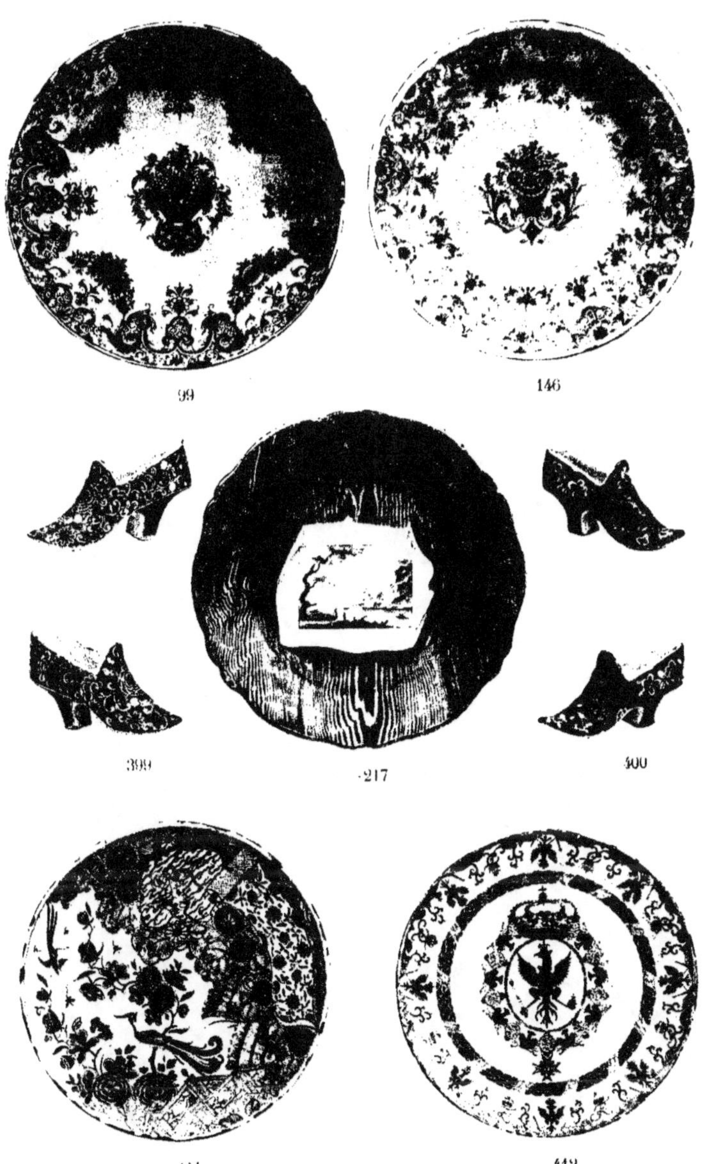

99

146

399

217

400

411

412

412 — Assiette à décor polychrome et or, portant au centre les armes de
Prusse surmontées de la couronne royale et entourées du collier de
l'Aigle rouge, dans un encadrement lauré ; sur le marli, bordure composée d'aigles rouges, d'aigles noirs et du chiffre F. R. enlacé, alternant. Marque A. P. K. — Diam., 22 cent.
(Collection Fétis.)

413 — Deux petits compotiers à bords godronnés ; décor polychrome de
corbeilles fleuries placées dans des compartiments symétriques se
détachant sur un fond bleu orné de rinceaux. Atelier de Jean Thermis
Dextra. — Diam., 195 millim.

414 — Compotier à bordure de godrons saillants ; décor de style chinois
en bleu, rouge et vert de fleurs semées au milieu desquelles se trouve
un kilin. Fabrique de Wilhem Kleftijus. — Diam., 22 cent.

415 — Compotier godronné, à bord dentelé décoré de cinq médaillons
composés de palmettes et fleurons rayonnant autour d'une rosace
centrale, en bleu, rouge et vert. — Diam., 23 cent.

416 — Assiette à décor polychrome de style chinois ; au fond, un paysage
avec personnage ; sur le marli, cinq bouquets. — Diam., 23 cent.

417 — Assiette décorée en bleu d'une riche bordure de lambrequins ; au
centre, un chiffre enlacé surmonté d'une couronne de comte. Fabrique
d'Adrian Pinacker. — Diam., 24 cent.

418 — Assiette décorée en bleu ; au fond, la Fuite en Égypte ; sur le
marli, des anges portant des palmes et des fleurs, volant au milieu
de nuages. Marquée : *Roos*. Fabrique d'Arendt Consijn. — Diam.,
225 millim.

419 — Assiette de style chinois, à décor plein polychrome, rehaussé d'or ;
fond bleu à réserves de bandes renfermant des tiges feuillues, fleurs
de chrysanthèmes et médaillons superposés, l'un en forme d'éventail,
contenant des roseaux, et l'autre, à quatre lobes, renfermant un animal chimérique. Fabrique de A. Reygens. — Diam., 225 millim.

420 — Assiette à décor polychrome, rehaussé d'or, divisé en quatre parties par des bandes disposées en croix ; rosace centrale, bordures de
lambrequins et bouquets de style chinois. Fabrique de A. Reygens.
— Diam., 225 millim.

421 — Assiette à décor polychrome ; au fond, un coq perché sur un rocher fleuri ; sur le marli, trois groupes de fleurs. — Diam., 225 millim.

422 — Assiette à décor polychrome de fleurs, d'oiseaux et de papillons de style chinois. — Diam., 225 millim.

423 — Assiette plate à large marli ; décor bleu de paysages et personnages pseudo-chinois. Marque de Samuel van Emhorn. — Diam., 24 cent.

424 — Assiette à bordure de lambrequins et fleurons de style chinois en bleu, rouge et vert : au fond, un couplet de chanson en caractères cursifs bleus. Fabrique de A. Reygens. — Diam., 23 cent.

425 — Assiette à décor polychrome de style chinois ; au fond, un grand vase de fleurs accompagné de deux enfants assis ; riche bordure de lambrequins et fleurons. — Diam., 23 cent.

426 — Deux assiettes à bordure de rinceaux et fleurons en bleu ; au fond, dans un médaillon, sur l'une : une femme debout, en couleurs, avec l'inscription : *La Comédienne italienne ;* sur l'autre : un homme coiffé d'un chapeau à plumes et s'appuyant sur une canne, et l'inscription : *Le Comédien italien.* Fabrique de A. Reygens. — Diam., 23 cent.

427 — Assiette décorée en bleu ; riche bordure de lambrequins avec mascarons, guirlandes et fleurons ; au centre, deux écus armoriés, timbrés d'un casque accompagné de lambrequins. Marque I B (Justus Berg ?). — Diam., 23 cent.

Citée et reproduite dans l'*Histoire de la faïence de Delft,* par H. Havard.

428 — Deux grandes soucoupes fond vert bleuâtre décoré en jaune, violet de manganèse et vert de tiges fleuries et rocailles sur terrasse. — Diam., 17 cent.

429 — Compotier à bord dentelé et godronné ; décor plein, polychrome, de fleurs et d'oiseaux de style chinois. — Diam., 23 cent.

430 — Petit plateau ovale à bord évasé ; décor polychrome : bordure à médaillons ; au fond, une branche fleurie. En dessous, la marque d'Adrian Pinacker. — Long., 16 cent.

431 — Soucoupe à bord godronné et dentelé, décor bleu de style rouennais; au centre, un chiffre enlacé surmonté d'une couronne de comte, au milieu d'une ceinture d'ornements : bordure de lambrequins fleuronnés. Marque A. P. K. — Diam., 165 millim.

432 — Soucoupe de tasse trembleuse à base cylindrique et large bord à petit marli; décor en bleu, vert et rouge de style oriental. Fabrique d'Adrian Pinacker. — Diam., 15 cent.

433 — Soupière hémisphérique à deux petites poignées latérales, et couvercle bombé surmonté d'un bouton plat, décor bleu; au pourtour, large bordure de rinceaux feuillus en réserve, soutenant des guirlandes; sur le couvercle, sujet allégorique de l'Indépendance hollandaise; d'un côté, un soldat endormi auprès de drapeaux et attributs guerriers : de l'autre, une femme debout, appuyée sur un tronçon de colonne et tenant une lance à l'extrémité de laquelle est posé un chapeau. (Hollande. Frise.) — Diam., 27 cent.

434 — Soupière en forme de canard debout sur terrasse et plateau ovale à bord contourné orné de plumes en relief et, aux deux extrémités, de têtes de canard en haut-relief entièrement émaillés en violet de manganèse. Bruxelles. — Longueur du plateau, 44 cent.

435 — Assiette à bord lobé, décor polychrome de bouquets; bordure d'imbrications pourpres délimitées par des rocailles jaunes et soutenant des guirlandes, alternant avec des hachures vert clair.

En dessous : Otte — Kiel

—

Eckenfoerdt

—

Buchwald
Fahn

Diam., 26 cent.

436 — Beurrier en forme de cheval marin, décoré en violet de manganèse, nageant dans des ondes teintées en bleu. A l'intérieur, la marque de Marieberg. — Long., 20 cent.

437 — Assiette à large marli ajouré de quadrillages et à bord lobé, décor polychrome; au fond, les armes du baron de Breteuil, dans un cartouche entouré de guirlandes : en dessous, la marque aux trois couronnes et MB. Marieberg. — Diam., 25 cent.

438 — Assiette décorée en bleu ; au fond, dans des cartouches, deux écus d'alliance ovales et surmontés d'une couronne princière ; bordure d'entrelacs et de fleurons soutenant des guirlandes ; en dessous : $\frac{B\,N}{G}$ Baireuth. — Diam., 22 cent.

439 — Assiette à décor bleu ; au fond, un écu armorié supporté par deux lions et surmonté de deux casques couronnés à lambrequins et cimiers ; bordure de grenades, œillets, etc. Baireuth. — Diam., 24 cent.

440 — Assiette à bord lobé, décor polychrome ; au fond, deux personnages en costume du temps de Louis XV, dont une dame assise et jouant de la guitare ; sur le marli, des fleurs. En dessous, la marque $\frac{N\,B}{K}$. Nuremberg. — Diam., 24 cent.

441 — Assiette creuse à bord dentelé, à décor polychrome reproduisant une assiette de porcelaine de Chine, de la famille verte. Rehweiler (Franconie). — Diam., 23 cent.

442 — Plaque encadrée d'une moulure à filets dorés et décorée d'un paysage avec personnages. Allemagne. — Diam., 18 cent.

443 — Boite à thé en forme de potiche turbinée, en terre rouge de Bœttger, émaillée en brun foncé et décorée en or et argent de personnages pseudo-chinois. Saxe. — Haut., 12 cent.

444 — Cruche à anse, à corps ovoïde et col cylindrique s'évasant en déversoir ; décor bleu et violet de manganèse de zones superposées de dents et d'olives. Monture en étain. Grès de Grenzhausen. — Haut., 30 cent.

445 — Petit plat polychrome à rehauts d'or, reproduisant un plat de porcelaine de Chine, de la famille verte, et portant dans des cartouches des inscriptions arabes en caractères dorés. Varsovie. — Diam., 25 cent.

446 — Théière formée par la réunion de deux coquilles ; anse en S et goulot courbe, dont l'ouverture est formée par une tête chimérique. Terre marbrée de bleu, blanc et brun, de Fulham (Staffortshire). — Haut., 11 cent.

Une pièce analogue est figurée dans *les Merveilles de la Céramique*, d'Albert Jacquemart.

447 — Deux assiettes à bord festonné, en faïence fine, à décor polychrome ; au fond de l'une, *la Communion* ; de l'autre, *la Confirmation*. Sous la première, en creux : *Turner*. Angleterre. — Diam., 25 cent.

PORCELAINES

448 — Tasse cylindro-conique à bords dorés de dents de loup, deux anses latérales et couvercle bombé surmonté d'un bouton formé par un fruit doré ; décor en camaïeu bleu d'oiseaux dans des paysages. Porcelaine tendre de Sèvres. 1757. Décor de Moiron. — Haut., 13 cent.

449 — Étui en forme de jambe chaussée d'un bas blanc à coins roses et retenu par un ruban rose formant jarretière ; le pied est chaussé d'un soulier jaune à talon rose ; couvercle cylindrique décoré de bouquets polychromes et monté en argent. Porcelaine tendre de Mennecy. — Haut., 12 cent.

450 — Petit plat à bord festonné, décor polychrome de personnages chinois ; sur le marli, des groupes de fleurs. Marque D. V. — Diam., 29 cent.

451 — Écuelle hémisphérique à deux anses torses, couvercle bombé à poignée supérieure formée par une branche feuillue et plateau creux à marli ; décor polychrome : bordures fond gros bleu portant des vases et des rinceaux fleuris, et coupées par des réserves contenant des oiseaux sur terrasses et des insectes ; au fond du plateau, un oiseau. Sous le plateau, sont inscrits les noms des oiseaux. Tournay. — Diamètre de l'écuelle, 14 cent.; diamètre du plateau, 205 millim.

452 — Bol hémisphérique en biscuit de porcelaine bleu gris ; au pourtour, des femmes et des enfants en costume antique, en bas-relief, rapportés en blanc: en dessous : Wedgwood, en creux. — Diam., 19 cent.

www.ingramcontent.com/pod-product-compliance
Lightning Source LLC
LaVergne TN
LVHW021455170726
843501LV00005B/1679